»Bei einer angemessenen Betrachtung des Falles ›Snowy‹ Rowles besser bekannt als die Murchison-Morde, kann meine Arbeit als Romanautor nicht außer Acht gelassen werden. Obwohl ich Rowles kein Motiv lieferte und in keiner Weise vor oder nach der Tat Beihilfe leistete, behauptete die Krone, dass ich ihm eine Methode zur Vernichtung der Leichen dieser Opfer geliefert habe.« *Arthur Upfield 1929*

Drei Morde, drei perfekte Morde... in der Nähe des kaninchensicheren Zauns in der Einöde Westaustraliens in der Gegend von Murchison. Perfekt - außer dass der Vorgang genauso ablief, wie in Arthur Upfields Kriminalroman ›The Sands of Windee‹ (1931) beschrieben (der deutsche Titel lautet ›Ein glücklicher Zufall‹).

Alles hatte 1929 begonnen, als Upfield an dem Kaninchen-Schutzzaun arbeitete und einen neuen Roman mit dem Aborigine-Detektiv Napoleon Bonaparte plante. Sein Freund George Ritchie hatte sich eine brillante Methode ausgedacht, um eine Leiche im Outback zu entsorgen, so brillant, dass Upfield Ritchie ein Pfund anbot, wenn er einen Fehler in diesem Verfahren finden würde. Am 5. Oktober 1929 trafen sich Upfield, Ritchie und ›Snowy‹ Rowles, der nördliche Grenzreiter für den Zaun, in der Kamelstation und besprachen die Mordmethode in dem bevorstehenden Buch...

Dies ist Upfields eigener Bericht über den Mordfall ›Snowy‹ Rowles, ergänzt durch Polizeifotos.

www.arthurupfield.com

Arthur Upfield, 1929.

DIE MURCHISON-MORDE

ARTHUR W. UPFIELD

Aus dem Englischen übertragen von Gisela Knies

ETT IMPRINT
Exile Bay

ETT IMPRINT
PO Box R1906

Royal Exchange NSW 1225
Australien

Copyright   William Upfield 2015, 2021
Aus dem Englischen übertragen Gisela Knies 2023
Erstmals erschienen 1932

ISBN 978-1-923024-00-7 (paper)
ISBN 978-1-923024-01-4 (ebook)

Gestaltung von Hanna Gotlieb und Tom Thompson

Der Einband zeigt die Beweismittel der Polizei im Fall gegen Snowy Rowles

Umschlaggestaltung von Tom Thompson

Übersicht über die Personen, die im Fall der Murchison-Morde eine Rolle gespielt haben

Arthur William Upfield	Autor von Kriminalromanen und Grenzreiter der Regierung
Napoleon Bonaparte genannt ›Bony‹	Romanfigur, erschaffen von Arthur Upfield
Lancelot ›Lance‹ Bowen Maddison	Grenzreiter der Regierung
George Ritchie	Farmarbeiter und Freund von Arthur Upfield
›Snowy‹ Rowles alias John Thomas Smith	Farmarbeiter und Verdächtiger
James Ryan	Lohnarbeiter
George Lloyd	ein junger Mann mit Akkordeon
Jack Lemon	arbeitet auf der Narndee Station Freund von Louis Carron
Louis John Carron alias Leslie George Brown	Neuseeländer, arbeitet auf der Wydgee Station hat falsche Zähne, Freund von Jack Lemon
Mrs. Brown	Ehefrau von Leslie Brown, lebt in Neuseeland
Ein namenloser Inspektor	Narndee Station
James Yates	Goldsucher bei Watson's Well
Detektive Sergeant Harry Manning	leitender Polizeibeamter
Constable Hearn	Polizist aus Mount Magnet
Constable McArthur	Polizist aus Mount Magnet
Constable Penn	Polizist
Fred Curron	Anwalt von ›Snowy‹ Rowles
Mr. Gibson	Staatsanwalt der Krone
Mr. Draper	Richter
Mr. Jackson	aus Dunedin, N.Z., Freund von Louis Carron
Arthur William Sims	Zahnarzt aus Hamilton, N.Z.
Dr. William McGillivray	Gerichtspathologe
Dr. McKenzie	Pathologe
David Coleman	Farmarbeiter auf der Kamelstation

Douglas Bell	Mischling, Fährtensucher der Polizei
Sher Ali	Geschäftsinhaber
Thomas Andrew Long (A. T. Long)	Juwelier aus Auckland, N.Z.
Joe Slavin	Wirtshausbesitzer
Edwin Moses	Gastwirt in Paynesville
Mr. Rodan	Barbesitzer in Mount Magnet
Mr. Jones	Hotelier in Youanmi
Levinson & Sons	Juweliere aus Perth
Mr. Male	Juwelier von Fleming & Co. aus Mount Magnet
Mr. Stone	Schachtelhersteller
Mr. Bogle	Manager und Miteigentümer der Narndee Station
Mr. Weelock	Goldsucher
Mr. Worth	Buchhalter der Wydgee Station
Mr. Beasley	Manager der Wydgee Station

DIE
MURCHISON-MORDE

Für die richtige Würdigung eines Falles, der mehrere als einzigartig geltende Merkmale aufweist, ist es unerlässlich, ein klares Bild des Landes zu zeichnen sowie die Persönlichkeiten des aufsehenerregendsten Morddramas, das sich je in Australien abgespielt hat, in Worte zu kleiden.

Im eigentlichen Busch von Westaustralien verschwanden zwischen dem 8. Dezember 1929 und dem 18. Mai 1930 drei Männer aus dem Blickfeld der Menschen. Erst im darauffolgenden Februar machten die Verwandten eines von ihnen, die von Neuseeland aus Nachforschungen anstellten, die Polizei auf dieses Verschwinden aufmerksam und leiteten Ermittlungen ein, die viele Monate in Anspruch nahmen, Tausende von Kilometern an Reisen erforderten und Bände von Berichten und Aussagen mit sich brachten.

All dies geschah zeitgleich mit der Suche eines Romanautors nach einer besonderen Handlung für einen neuen Kriminalroman.

Zwei Ansichten der Kamelstation der Regierung.

Kamelstation der Regierung

Die Kamelstation der Regierung liegt 163 Meilen nördlich der Weizenstadt Burracoppin und etwa 75 Meilen südlich der Goldminenstadt Paynesville im Gebiet von Murchison.

Das Gehöft ist ein Steingebäude mit vier Zimmern und einer Küche, etwa 100 Meter westlich des Kaninchenschutzzaunes gelegen, der vom Süden bis zur Nordwestküste etwa 1130 Meilen lang ist - zweifellos der längste Maschendrahtzaun der Welt. Wenn man an der Vordertür des Gehöfts steht, blickt man nach Osten und kann den Zaun und die Wand aus Mulgabusch jenseits der Zaunlinie sehen. Von der Hintertür aus versperren nur ein paar verstreute Akazien die Sicht. Etwa eine halbe Meile nordwestlich erhebt sich aus einer etwa kreisrunden Ebene ein Hügel mit zwei Gipfeln, die die runden Höcker des Tieres bilden, nach dem der Ort benannt ist - Dromedary Hill.

Wer mit dem Ort vertraut ist, weiß, dass es nördlich entlang des Zauns am Rande des Buschwaldes eine Hütte und ein Brunnen namens Watson's Well gibt. Nach Süden entlang des Zauns gibt es nichts, bis man das 138 Meilen entfernte Campian erreicht. Wenn man einem Pfad 10 Meilen nach Westen folgt, erreicht man ›The Fountain‹, eine Viehhütte, und nach weiteren zehn Meilen das Gehöft der Narndee Station, zu der diese Viehhütte gehört.

Was Menschen und Verkehr anbelangt, so konnte man eine Woche, zwei Wochen warten, bis man ein menschliches Gesicht oder ein staubbedecktes Auto am Zaun vorbeifahren sah; und nur selten rief ein Mann von der Narndee Station an, wenn er auf dem Weg zu den Pferdekoppeln dieser Station östlich der Kamelstation war.

Trockenes, ausgedörrtes, erhitztes Land im Sommer; glänzend, belebend, schön im Winter.

In der Kamelstation lebte George Ritchie. Zur Kamelstation kamen einmal im Monat zwei Grenzreiter der Regierung: Lance Maddison aus dem Norden und Arthur Upfield aus dem Süden. Aus dem Westen trafen in unregelmäßigen Abständen ein Lohnarbeiter namens James Ryan und ein Farmarbeiter namens ›Snowy‹ Rowles ein. Diese Männer waren dazu bestimmt, wichtige Rollen in einem grandiosen Drama zu spielen.

Auftritt ›Snowy‹ Rowles

Ich traf Rowles zum ersten Mal im Außenlager von Narndee, ›The Fountain‹, wo er stationiert war. Er war damals fünfundzwanzig Jahre alt, ein gut proportionierter Mann, blond, blauäugig, glatt rasiert, ordentlich gekleidet und vom weiblichen Standpunkt aus gesehen besser als der Durchschnitt.

Rückblickend, kann ich keine Entschuldigung dafür finden, dass irgendjemand am Murchison ›Snowy‹ Rowles nicht mochte. Sein Erscheinen in einem Buschcamp überwand sofort jede Niedergeschlagenheit. Er kam eines Tages, Ende '28, auf einem Motorrad in der Kamelstation an und suchte nach einem Job. Der Besitzer von Narndee hatte von der Regierung eine Menge Maultiere gekauft, die in Dromedary Hill von einem Zureiter an die Arbeit gewöhnt wurden, bevor man sie nach Narndee brachte. Rowles bot an, auf den schlechtesten Maultieren zu reiten - als Übung.

Wer ihn sah, konnte keinen Zweifel daran haben, dass er so gut ritt wie die Besten im Nordwesten des Staates. Ihm wurde daraufhin Arbeit angeboten, die er annahm.

Seine Reitkünste waren der erste Punkt, der für diesen neu angekommenen Fremden sprach. Der zweite Punkt sein ausgeglichenes Temperament, der dritte ein höchst einnehmendes Wesen und der vierte die ausgeprägte Bereitschaft, zu helfen. Der fünfte Punkt war, dass er jederzeit bereit war eine Wette abzuschließen und auch gut verlieren konnte. Der sechste und wichtigste Punkt war sein ausgeprägter Sinn für Humor.

Als er eines Tages in Dromedary Hill ankam, fragten wir ihn, ob er Fleisch mitgebracht habe, da wir entweder »Hund« oder Känguru aus der Dose essen mussten. Nein, hatte er nicht. Dann solle er besser zu seinem Lager (10 Meilen) zurückgehen und welches besorgen.

»Gut! Du scheuerst die Bratpfanne aus«, entgegnete er lachend und fuhr mit seinem Motorrad in einer Staubwolke davon.

In der Erwartung, wenigstens ein Viertel Hammelfleisch zu bekommen, machten wir uns an Feuer und Bratpfanne. Nach einer halben Stunde sahen wir ihn mit seiner Maschine über die Ebene zwischen dem Haus und dem Hügel hin- und herfahren in eine große Staubwolke gehüllt.

»Was zum Teufel macht er da?«, fragte mein Begleiter.

»Ich habe immer gewußt, dass man in dieser Gegend ein Fernglas braucht«, erwiderte ich. »Er wird sich zwischen den Kaninchenbauten und Felsen das Genick brechen.«

John Thomas Smith, besser bekannt als ›Snowy‹ Rowles.

Es war ein Land, über das ich mit keinem Pferd galoppieren würde.

Statt eines Hammelviertels brachte ›Snowy‹ Rowles ein großes, männliches Känguru das er aufgestöbert hatte, in den Hinterhof und trieb es nach Hause wie ein Schaf, das von einem Mann zu Pferd hereingetrieben wird.

Handlungen - und eine Idee zu einer Handlung

Bei einer angemessenen Betrachtung des Falles ›Snowy‹ Rowles kann meine Arbeit als Romanautor nicht außer Acht gelassen werden; denn obwohl ich Rowles kein Motiv lieferte und in keiner Weise vor oder nach der Tat Beihilfe leistete, behauptete die Krone, ich hätte ihm eine Methode zur Vernichtung der Leichen seiner Opfer geliefert.

Es ist der Ehrgeiz vieler Romanautoren, die frei von Sexbesessenheit sind, eine originelle Handlung oder zumindest eine originelle Variante eines alten Plots zu entdecken. Romanhandlungen sind wie Goldklumpen, die in einer einzigartigen Mine ausgegraben werden. Vor hundert Jahren enthielt diese Mine viel Gold; heute sind die Goldnuggets rar, und man muss tief schürfen, um sie auszugraben.

Solche bemerkenswerten ›Nuggets‹ wurden entdeckt von: Anthony Hope in ›Der Gefangene von Zenda‹; Edgar Rice Burroughs in seinem ›Tarzan bei den Affen‹; Steele Rudd in seinem australischen Geschichten ›On Our Selection‹. Sie waren sowohl im wörtlichen als auch im übertragenen Sinne ›Goldnuggets‹.

Während eines mehrwöchigen Aufenthalts auf der Kamelstation im Frühwinter 1929 dachte ich viel über die Art von Geschichte nach, die auf eine psychologischen Studie eines einsamen Mannes an einem einsamen Strand - die damals kurz vor der Vollendung stand - folgen sollte. Tag für Tag erledigten Ritchie und ich dieselbe einfache Arbeitsroutine. Morgens brachte einer von uns die beiden Kamele herein, mit denen wir arbeiten sollten. Die Tiere wurden vor einen schweren Karren geschirrt und lernten, sie zu ziehen, zu gehen, zu traben, an Toren ruhig anzuhalten und vor allem stillzustehen.

Für uns wurde das ständige Fahren schnell zur Selbstverständlichkeit, und wenn die Arbeit automatisch wird, hat man den Kopf frei für andere Dinge. An einem bitterkalten Tag, als wir immer wieder um den Dromedary Hill herumfuhren, erinnerte ich mich daran, dass auch Wilkie Collins das Krimi-›Nugget‹ aus der Mine der goldenen Plots ausgegraben hatte. Meister wie Edgar Allen Poe und Sir Arthur Conan Doyle haben unterschiedliche ›Nuggets‹ ausgegraben; aber mir schien, dass diese und weniger bedeutende ›Ausgräber‹ auf diesem Gebiet an ein einziges gusseisernes Regelwerk gebunden waren. Die Leiche eines Ermordeten wird gefunden - früher auf dem Boden der Bibliothek, in letzter Zeit auf dem Dach eines Busses, unter einem Aufzug oder an einem anderen unwahrscheinlichen Ort - und dann wirft der Detektiv einen Blick auf die Leiche, und seine Ermittlungen führen unweigerlich zur Verhaftung des Mörders.

Fragen, die nach einer Antwort verlangen. Warum eine Leiche? Warum sich mit dem zufrieden geben, was unsere Großväter zufrieden gestellt hat? Warum weiterhin die Seiten eines Romans mit Blut verschmutzen? Hier war also ein neues Nugget, ein schönes thematisches Nugget, das darauf wartete, entdeckt zu werden. Anstatt gleich im ersten Kapitel eine Leiche zu präsentieren, wie es die Meister und ihre schafsähnlichen Gefolgsleute immer getan haben, warum nicht mal einen fiktiven Mord zwei Monate vor dem Beginn der Geschichte ansiedeln?

Warum nicht einen Mordkrimi ganz ohne Leiche schreiben? Kurz gesagt, warum nicht die Leiche eines Mordopfers vollständig vernichten und dann meinem fiktiven Kriminalinspektor Napoleon Bonaparte erlauben, erstens zu beweisen, dass ein Mord begangen wurde, zweitens, wie er begangen wurde, und drittens, wer ihn begangen hat? Ich könnte ihn zum Beispiel veranlassen, seine Ermittlungen erst zwei Monate nach der spurlosen Zerstörung der Leiche aufzunehmen.

Schwierigkeiten

Die Idee war verlockend, aber die Umsetzung in die Realität bereitete schnell Schwierigkeiten.

Wie viele Mörde im wirklichen Leben - darunter auch Ärzte und andere intelligente Menschen - haben es trotz all ihres Einfallsreichtums nicht geschafft, die Leichen ihrer Opfer vollständig zu beseitigen! Dr. Crippen, Henry Landru und Patrick Mahon fallen mir sofort ein; und auch Frederick Deemings Schicksal war unvermeidlich. Sie alle haben ihre Opfer zerstückelt und waren dann nicht in der Lage, die Teile gänzlich zu vernichten. Von allen Mördern kam vielleicht der Pariser Blaubart dem ›Erfolg‹ am nächsten.

Ich stand vor dem, was ich als Problem Nummer eins bezeichnen möchte. Wie könnte ein menschlicher Körper mit den Mitteln, die der Durchschnittsmensch zur Verfügung hatte, so vollständig zerstört werden, dass keine Spur seiner Existenz zurückblieb, um einen Mörder zu überführen? Ein Krematorium oder ein Bad mit ätzender Säure sind für gewöhnliche Menschen, die der Gerechtigkeit ein Schnippchen schlagen wollen, nicht machbar. Eine Leiche in einen Brunnen zu werfen, selbst wenn man sie in einen stillgelegten Minenschacht fallen ließe und tonnenweise Erde darauf explodieren ließe, würde sie nicht zerstören. Auch wenn sie versteckt wäre, würde sie immer noch existieren und die Sicherheit des Mörders bedrohen.

Das ›Nugget‹ wird vorgeschlagen

Ich hatte mich für den Schauplatz der zu schreibenden Geschichte entschieden. Die Besetzung der Charaktere war bereits im Geiste um mich versammelt und sogar eine grobe Skizze der Handlung entworfen, aber ich konnte nicht mit der Geschichte beginnen, weil ich nicht in der Lage war, eine einfache und wirksame Methode zur Zerstörung meiner geplanten Leiche zu finden.

Arthur Upfield mit seinen Kamelen 1929.
ein »Dolly-Pot«.

Als ich eines Abends Poker spielte und ein kalter Südwind über dem knisternden Holzfeuer durch den Kamin pfiff, sagte ich zu Ritchie:

»Kannst du mir eine gute Methode nennen, wie ich einen Mann loswerden kann, vorausgesetzt, ich habe ihn auf dem Papier getötet? Ich brauche eine Methode, um einen menschlichen Körper vollständig zu zerstören, damit Bony nicht die geringste Spur findet.«

»Was! Wirst du ein neues Buch anfangen?«

»Ja, das werde ich. Ich möchte eine weitere Geschichte über ›Bony‹ schreiben, in der er eine Aufgabe bekommt, die seinem Verstand und seinem Buschhandwerk gerecht wird. Ich will ihm den Fall seines Lebens geben, wenn ich einen einfachen Weg finde, die ewig abgedroschene Leiche loszuwerden.«

»Nun, gut. Angenommen, ich wollte dich erledigen. Ich würde dich in den Busch locken, und wenn du mir den Rücken zudrehst, würde ich dich erschießen. Dann würde ich Holz sammeln und dich darauf legen, mit Kleidern, Stiefeln und allem, Holz über dich schichten und dich verbrennen. Nach ein paar Tagen würde ich mit einem Sieb zurückkommen und die ganze Asche durchsieben um jeden Metallgegenstand und jedes Stück Knochen, das nicht vom Feuer verbrannt wäre, heraus zu holen. Die Metallgegenstände könnte man in einen Brunnen werfen, und die Knochen würde ich zu Staub zermahlen. Damit sich kein zufälliger Passant fragt, wozu das Feuer eigentlich da ist, schieße ich ein paar Kängurus und verbrenne sie an derselben Stelle.«

Ich ging nach draußen und schaute zu den kalten Sternen hinauf. Der Kern meines Problems Nummer eins war ein »Dolly-Pot«, eine Art Mörser für Goldwäscher, um mit den Knochen fertig zu werden, die ein gewöhnliches Feuer nicht zerstören würde. Warum hatte ich nicht an ein solches Gerät gedacht? Auf dem Murchison, wie auch in anderen Teilen Australiens, ist es ein gängiger Gegenstand. Jeder könnte einen »Dolly-Pot« besitzen. In der Schmiede des Dromedary Hill Gehöfts gab es jedenfalls einen.

Problem Nummer zwei

Die Handlung des neuen Romans nahm immer mehr Gestalt an. Mein Mörder sollte die Leiche seines Opfers auf die angegebene Weise zerstören, und dann sollte ›Bony‹ sich an die Arbeit machen und beweisen - ! Aber was sollte er beweisen? Was könnte er beweisen, wenn nicht ein Teilchen der Leiche übrig blieb, das er einem Richter und den Geschworenen zeigen könnte, die eine Leiche oder identifizierbare Teile einer Leiche vorweisen müssen, bevor sie sich eine Mordanklage überhaupt anhören. Wenn mein Mörder die verblüffend einfache Methode von Ritchie angewandt hätte, wie könnte mein Detektiv seinen Fall aufbauen, obwohl er eine übermenschliche Intelligenz besitzt? Offensichtlich muss mein Mörder bei seinem perfekten Mord einen Fehler machen, denn sonst könnte ihm kein Detektiv im wirklichen Leben oder sogar in der Fiktion einen Mord nachweisen.

In Anbetracht der Tatsache, dass Ritchie mir ein potentielles ›Goldnugget‹ geliefert hatte, bot ich ihm ein Pfund an, wenn er einen Fehler darin finden würde. Ich glaube, er dachte, das Pfund wäre leicht verdientes Geld.

Das Problem wurde auf eine einfache Frage reduziert. Wenn ein Mann dies und jenes tat um die Leiche vollständig zu zerstören, wie konnte er dann einen fatalen Fehler begehen? Man kann darüber streiten, wie man will, man kann keinen Fehler entdecken. Es wurde ein quälendes, aber faszinierendes Rätsel: Ich konnte es nicht lösen, ebenso wenig wie meine Freunde am Zaun, in Burracoppin und in Perth.

Ritchie war mit den Gedanken ganz woanders, ritt auf einem frischen Pferd, ohne Hut und unrasiert, und trug ein Gewehr mit Kaliber 22 bei sich, als er eines Tages ›Snowy‹ Rowles auf seinem Motorrad auf dem Weg zur Kamelstation traf. Ohne irgendeine Vorrede sagte Ritchie:

»Hey, Snow! Wenn ich dich erschieße, deine Leiche in ein vertrocknetes Gestrüpp schleppe, sie gründlich verbrenne, dann morgen mit einem Sieb die Asche nach den Knochen und den Metallgegenständen an deiner Kleidung durchsuche, die Metallgegenstände in einem Brunnen versenke und deine Knochen zu Staub zermalmen würde, wie könnte mein Verbrechen entdeckt werden?«

Rowles gab später zu, dass er dachte, Ritchie sei verrückt geworden. Er murmelte dass er es eilig habe, und fuhr auf seiner röhrenden Maschine davon, in der Erwartung, jeden Moment den Einschlag einer Kugel in seinem Rücken zu spüren.

Ritchie blieb auf seinem Pferd sitzen und sah ihm erstaunt nach. Erst einige Stunden später begriff er, dass der Scherz nach hinten losgegangen war.

Die Wochen vergingen.

Arthur Upfields Karren mit seinem Schreibplatz.

Die Lösung

Ich kehrte zu meinem Zaunabschnitt mit zwei Kamelen zurück, die schwere Wagen mit Verdeck hintereinander zogen. 163 Meilen betrug dieser Abschnitt, und am Ende der ersten Reise hatte ich die Lösung meines Problems noch immer nicht gefunden. Praktisch hatte ich die Idee schon aufgegeben, jemals dieses schöne, erfundene ›Nugget‹ zu finden. Ritchie konnte das Pfund nicht verdienen; Maddison war keine Hilfe und Rowles hatte ebenfalls keinen Erfolg.

Dann, eines Morgens, als ich ganz sicher nicht über Mordprobleme nachdachte, sondern in den klaffenden Rachen meines Kamels starrte, während ich mich abmühte, ihm ein Paar Scheuklappen anzuziehen, blitzte die Lösung in meinem Kopf auf wie der Strahl eines Suchscheinwerfers. Mein Mörder könnte Ritchies Methode bis ins kleinste Detail ausführen und Bony dennoch einen Hinweis hinterlassen, um ihn zu finden, zu verfolgen und ihn zu überführen. Der verhängnisvolle Fehler, den er begehen könnte, bestand darin, dass er die Kriegsvergangenheit seines Opfers nicht kannte (Anmerkung: Infolge einer Kriegsverletzung hatte die Romanfigur eine kleine silberne Platte im Schädel, die das Feuer nicht zerstören würde). Innerhalb von drei Sekunden, während ich noch dümmlich auf Curley, das Kamel, starrte, sah ich das letzte Stück des Puzzles in Position gebracht.

Die Handlung des neuen Romans war bis ins letzte Detail abgeschlossen. Weitere Wochen vergingen mit einer weiteren Reise nach Burracoppin und zurück.

Dann vertauschte der Inspektor die Positionen von Ritchie und mir. Ich verlegte meine Schreibarbeit vom Inneren eines Grenzreiterwagens in das komfortable Steinhaus, wo ich Nacht für Nacht schrieb, unterstützt von der gesegneten Ruhe des Busches.

Der 5. Oktober 1929 war ein Sonntag. Laut meinem Tagebuch für diesen Abend waren Ritchie, Rowles, der Sohn des Inspektors, der nördliche Grenzreiter und ich im Wohnzimmer des Anwesens der Kamelstation anwesend.

Grenzreiter und ich selbst

Ich erinnere mich vor allem deshalb an diesen Abend, weil es die letzte Gelegenheit war, mein Problem Nummer zwei zu erörtern, bei dem es darum ging, eine Schwachstelle in Problem Nummer eins zu finden. Es wurde damals nicht mit großem Interesse diskutiert, weil damals jeder mit diesen beiden Problemen vertraut war. Aber es war ein Vorfall, der von der Krone genutzt wurde, um durch mehrere Zeugen nachzuweisen, dass ›Snowy‹ Rowles mit der Methode der Leichenvernichtung vertraut war, die in meinem achtzehn Monate später veröffentlichten Roman ›The Sands of Windee‹ (der deutsche Titel lautet: ›Ein glücklicher Zufall‹) verwendet wurde.

Ryan und Lloyd

Am 30. Oktober desselben Jahres gab Rowles seine Arbeit auf der Narndee-Station auf und begann für seinen Lebensunterhalt Füchse zu vergiften. Er besaß nun ein altes, aber brauchbares Automobil. Wenn er in der Gegend tätig war übernachtete er mehrere Male bei mir. Ohne häusliche Bindungen hätte ich mich ihm wahrscheinlich angeschlossen, denn zu dieser Zeit hatte ich den Kaninchenzaun satt und wollte mir den hohen Norden ansehen. Rowles war immer willkommen. Er war ein gern gesehener Gast, der immer bereit war, seinen Teil der Hausarbeit zu übernehmen und seinen Anteil an der Verpflegung beizusteuern, wenn sein Aufenthalt länger als erwartet dauerte.

Ungefähr am 24. November kam ein Lohnarbeiter namens James Ryan auf dem Weg nach Burracoppin auf meinem Gehöft an. Er war etwa vierzig Jahre alt und sah aus wie ein Mann der Marine. Er fuhr seinen eigenen, neu erworbenen Dodge-Lastwagen und versprach mir bei seiner Abreise Verpflegung und die Post mitzubringen, die ich seit fünf oder sechs Wochen nicht mehr erhalten hatte.

Etwa am ersten Dezembertag traf Rowles aus Richtung Youanmi ein. Er wollte wissen, ob Ryan zurückgekehrt war, und sagte mir, er hoffe, ihn bei seiner Rückkehr in den äußersten Nordwesten begleiten zu können. Ich wusste nicht, dass Ryan vorhatte, sich aus Narndee zurückzuziehen. Ich war auch nicht besonders daran interessiert, da weder Rowles noch Ryan für das Ministerium arbeiteten; deshalb betrafen sie mich nicht, zumal ich gehört hatte, dass der Eigentümer von Narndee faul die Hände in den Schoß legte.

Ryans Lager in der Nähe Challi Bore auf der Narndee Station. Constable Hearn und ein eingeborener Fährtensucher durchsieben Asche in Challi Bore auf der Suche nach den Überresten von Ryan und Lloyd

Rowles schien auf Ryans Rückkehr zu warten und verließ mich, um ihm im Süden entgegenzufahren. Er tat dies an der 96-Meilen-Wasserscheide. Da sein Auto eine Panne hatte, kehrte er mit Ryan zurück, der zudem einen jungen, sportlichen Mann namens George Lloyd als Begleiter mitgebracht hatte.

Die Gruppe blieb in dieser Nacht bei mir, aber es schien bis zum nächsten Morgen nicht sicher zu sein, dass Rowles Ryan und Lloyd zum Lager des Ersteren begleiten würde. Während des Abends sang Ryan Lieder mit einer wirklich schönen Stimme, begleitet von Lloyd auf einem nagelneuen Akkordeon.

Früh am nächsten Morgen brachen die drei auf. Entweder am Nachmittag oder am nächsten Tag kamen Rowles und Lloyd (ohne Ryan) auf ihrem Weg zum ›100-Pflock‹, wo Rowles' altes Auto eine Panne gehabt hatte, an der Kamelstation vorbei. Sie brachten den liegen gebliebenen Wagen zurück und stellten ihn in einem Schuppen ab.

Das war das letzte, was ich von Lloyd und Ryan gesehen habe.

Der Inspektor traf am 10. Dezember aus Burracoppin ein, Ritchie am Tag zuvor. Am Tag nach dem der Inspektors in den Norden aufgebrochen war, ging Ritchie den Zaun hinauf zu Watson's Well, wo ein Goldsucher namens James Yates lagerte. Bei seiner Rückkehr erzählte er, dass Rowles, Ryan und Lloyd nicht am Gehöft der Kamelstation vorbeigekommen waren, um den nördlichen Weg zu erreichen. Stattdessen waren sie entlang der nördlichen Grenze der Hügelkoppel um den hinteren Teil des Hügels herumgefahren und durchfuhren den Kaninchenzaun bei Watson's Well, um zu diesem nördlichen Weg zu gelangen.

Daran war eigentlich nichts Besonderes. Ritchie bemerkte nicht ausdrücklich, dass Yates nur Rowles gesehen hatte, der ihm wiederum erzählt hatte, dass Ryan und Lloyd in den Busch gegangen waren, um Holz für den Bau eines Schafstalls zu suchen. Was Rowles gesagt hatte sah für mich einleuchtend aus. Ryan hatte sich aus einem schlechten Vertrag befreit, und war mit Lloyd auf der langen Reise in den Nordwesten. Rowles hatte seine Pläne gut durchdacht.

Weihnachten 1929

Am späten Nachmittag des Heiligen Abends fuhren der nördliche Grenzreiter und ich nach Youanmi, um ein Spanferkel und einige Flaschen Bier zu kaufen, und da stand ›Snowy‹ Rowles auf den Stufen des Youanmi Hotels.

»Hallo? Was machst du denn hier?« fragte ich. »Ich dachte, du wärst mit Ryan und Lloyd im Nordwesten.«

»Oh! Wir sind bis zum Mount Magnet gekommen«, antwortete Rowles. »Ryan bleibt dort, also habe ich mir seinen Truck geliehen, um über Weihnachten hierher zu kommen.«

Wie sich später herausstellte, erzählte er meinem Begleiter, dass er den Lastwagen von Ryan für 80 Pfund gekauft hatte.

Nun war an dieser Geschichte nichts Außergewöhnliches.

George Ritchie bei der Arbeit.
Die Narndee Station wie sie heute ist.

Lange vorher hatte Rowles erzählt, dass sein Großvater ihm schon einmal mit Geld aus der Patsche geholfen hatte und dass er einen Kredit beantragen wollte, um einen guten gebrauchten Truck zu kaufen. Zudem war Ryan einer dieser unglücklichen Männer, die von Hotelbars magisch angezogen werden und dafür sogar ihr letztes Hemd verkaufen würden um noch ein paar Drinks zu kaufen. Noch viel weniger würde er zögern einen Wagen dafür zu verkaufen. Man konnte sich leicht vorstellen, wie Ryan, halb betrunken, Rowles großzügig die Erlaubnis erteilte, seinen Lastwagen zu nehmen, während Lloyd, der nicht trank, ernsthaft darauf wartete, seinen Kumpel aus der Stadt zu bringen.

Wir hatten nicht den geringsten Verdacht, dass irgendetwas nicht in Ordnung war. Keiner der drei war ein enger Freund von uns.

Schocks

In der Zwischenzeit hatte sich die Depression wie eine Plage ausgeweitet. Das Personal war reduziert worden. Mein Abschnitt des Zauns war so geändert worden, dass er 100 Meilen nördlich und 100 Meilen südlich von Burracoppin verlief.

An der 78-Meilen-Marke südlich der Stadt, in der das Ministerium seinen Sitz hatte, kam der Inspektor vorbei und sagte: »Erinnern Sie sich an Jack Lemon, der auf Narndee arbeitet?«

Das tat ich. Lemon hatte den Arbeitsplatz von ›Snowy‹ Rowles übernommen. Ich erinnerte mich, dass Lemon mir einige Monate zuvor erzählt hatte, wie er aus dem Osten gekommen war und sich mit einem Mann auf dem Schiff angefreundet hatte. Des Weiteren wie sie von Perth zum Murchison gewandert waren; und wie sein Kumpel eine Stelle auf der Wydgee Station und er selbst eine auf Narndee bekommen hatte. Diese beiden Stationen lagen nebeneinander.

Der Inspektor erklärte mir weiter, dass Carron, Lemons Freund, seine Anstellung gekündigt hatte oder ausgezahlt worden war und zusammen mit Rowles die Wydgee Station irgendwann im Mai verlassen hatte 1930.

›Snowy‹ Rowles mit Ryans Auto, fotografiert von Arthur Upfield 1929.
Arthur Upfield beim Reparieren eines Teils des kaninchensicheren Zauns 1928

Es war auch bekannt, dass Rowles den Gehaltsscheck von Carron eingelöst und von dem Geld in Paynesville, einer Bergbaustadt östlich von Mount Magnet, Bier gekauft hatte. Es stellte sich auch heraus, dass Lemon ein frankiertes Telegramm an Rowles in Youanmi geschickt hatte, in dem er um Informationen über seinen Freund bat. Rowles hatte weder per Telegramm noch per Brief geantwortet.

Es ist wahrscheinlich, dass das Verschwinden von Louis Carron nie bemerkt worden wäre, wenn er nicht ein eingefleischter Briefschreiber gewesen wäre. Bis zu dem Zeitpunkt, als er die Wydgee Station verließ, hatte er regelmäßig an Freunde in Neuseeland und an seinen Freund John Lemon in Narndee geschrieben.

All dies erfuhr der Inspektor während seiner Reise nach Norden - sein Gebiet erstreckte sich bis zur 421-Meilen-Marke - im Februar 1931, zehn Monate nachdem Carron und Rowles in Ryans Lastwagen von ›The Fountain‹ weggefahren waren. Jack Lemon war der letzte Mann, der Carron gesehen hatte, er versprach, ihm zu schreiben und zu berichten, wie er bei seiner Suche nach einer neuen Stelle vorankam.

Meine ungeübte Phantasie sprang auf die Lösung dieses kleinen Rätsels an. Carron, der mit einem Scheck ausbezahlt wurde, geht mit ›Snowy‹, und sie beschließen, eine Kiste Bier zu kaufen um ein friedliches und privates Gelage im Busch zu veranstalten - viel billiger als in einer Hotelbar zu trinken. Im Besitz einer Kiste Bier werden die beiden möglicherweise reizbar. Es kommt zum Streit, es gibt einen Kampf, und Carron wird getötet.

»So könnte es gewesen sein«, stimmt der Inspektor zu. »Jedenfalls durchkämmen die Detektive das ganze Land auf der Suche nach Carrons Leiche. Es sieht ziemlich schwarz aus für ›Snowy‹.«

»Haben sie ihn verhaftet?«

»Nein, noch nicht. Er arbeitet jetzt auf einer Station namens Hill View, ein paar hundert Meilen oder so nördlich von Youanmi.«

»Dann kann es nicht ›Snowy‹ sein«, wandte ich ein.

»Aber wir wissen, dass Carron den Brunnen gemeinsam mit Rowles verlassen hat. Wir wissen, dass Rowles den Scheck von Carron im Hotel in Paynesville eingelöst hat. Und wir wissen, dass Rowles nie auf Lemons Telegramm geantwortet hat.«

Drei Wochen nach diesem Gespräch kehrte der Inspektor von einer Reise in den Norden zurück. Er sagte grimmig:

»Ryan und Lloyd sind jetzt verschwunden. Sie wurden nicht mehr gesehen, seit sie die Kamelstation im Dezember 1929 verlassen haben.«

Ich muss wie ein Trottel ausgesehen haben, als ich mit offenem Mund vor lauter Erstaunen dastand. Und während ich so dastand, kam der nächste Schock. »Und sie haben die verkohlten Überreste von Carron in der Nähe der 183-Meilen-Hütte gefunden - einen Ring, falsche Zähne, eine Zahnplatte, Knochen.« »Und weiter?« drängte ich verzweifelt.

»Und als die Polizei ›Snowy‹ Rowles verhaften wollte, wurde er identifiziert als ein Mann, der 1928 wegen Einbruchs verurteilt worden war und aus dem Gefängnis von Dalwallinu geflohen ist. Sie haben ihn nicht wegen Mordes verhaftet, sondern wegen des Gefängnisausbruchs, so dass die Detektive jetzt genug Zeit haben, ihre Ermittlungen zum Verschwinden von Carron, Ryan und Lloyd weiterzuführen.«

Das alles war so unglaublich, dass sich mein Verstand einige Minuten lang weigerte, es zu akzeptieren. Es fiel mir schwerer zu glauben, dass Rowles ein Einbrecher war als ein mutmaßlicher Mörder. Kein Mann entsprach weniger meiner modernen Vorstellung von einem Einbrecher. Er hatte mir nie etwas gestohlen, nicht einmal ein Stück Eisendraht von der Regierungsstation. Er könnte Carron betrunken während einer Schlägerei getötet haben, aber

. . ein gewöhnlicher Einbrecher!

»Sieht so aus, als hätte er Ihr Buch in die Tat umgesetzt«, sagte ein Mann in Begleitung des Inspektors.

»Es scheint, dass Sie und Ritchie die letzten waren, die Ryan und Lloyd in Begleitung von ›Snowy‹ Rowles lebend gesehen haben«, fügte der Inspektor hinzu. »Wenn Sie meinen Rat befolgen, machen Sie eine Aussage bei der Polizei. Die wissen alles über Sie und über Ihre Jagd nach einer Mordgeschichte.«

Camp am 183-Meilen-Punkt des kaninchensicheren Zauns.

Psychologie der Buschmänner

Es gibt viele Punkte in diesem Fall, die einen Leser sicherlich verwirren können, wenn er mit der Psychologie und den Gewohnheiten der Buschmänner nicht vertraut ist. Während des Prozesses mußten mehrere Zeugen ihre Aussagen unterbrechen, um genauer zu erklären, warum etwas in dieser oder jener Weise getan wurde oder wie etwas anderes zustande kam. Bei der Vorbereitung seines Falles wurde Staatsanwalt Gibson von Detektive Sergeant Harry Manning unterstützt, der die polizeilichen Ermittlungen leitete - eine sehr wertvolle Hilfe, denn Manning war ein erfahrener Buschmann. Auf der anderen Seite schien Mr. Curran, der Rowles verteidigte, nicht die gleiche Unterstützung zu haben, nicht einmal von Rowles, der selbst ein hervorragender Buschmann war.

Hier ein kleines Beispiel: Bei der Anhörung sagte Mr. Curran zu dem Zeugen Lance Maddison:

»Es gibt Hunderte von Quadratmeilen dichtes Gestrüpp um die Hütte (die Hütte in der Nähe der Bohrung, in der die Überreste von Carron gefunden wurden); meinen Sie nicht, dass es für einen Mann töricht wäre, zu versuchen, Beweise für ein Verbrechen um die Hütte herum zu verbrennen?«

»Das kann ich nicht sagen«, antwortete der vorsichtige Zeuge.

Einem Stadtbewohner wäre die Frage von Mr. Curran durchaus logisch erschienen. In der Tat war diese Hütte ein idealer Ort, wie später noch erläutert wird. Auch für den Stadtbewohner ist das Erstaunlichste am Verschwinden der drei Männer, dass niemand sie vermisste oder sich nach ihnen erkundigte, bis fast zwölf Monate verstrichen waren. Für den Buschmann ist das jedoch nichts Besonderes, vor allem, weil ein großer Teil der Bevölkerung Zentralaustraliens eine Wanderbevölkerung ist, der alle drei vermissten Männer angehörten.

Die Spürhunde des Gesetzes

Anfang Januar 1931 befragte Constable Hearn von Mount Magnet John Lemon und dieser berichtete ihm, dass sein Freund Louis Carron ihm nicht mehr geschrieben hatte, seit er sein Lager auf der Narndee Station - das früher von ›Snowy‹ Rowles bewohnt wurde und den Namen ›The Fountain‹ trägt - verlassen hatte. Zu diesem Zeitpunkt hatte Hearn bereits einen Brief von einem Mr. Jackson aus Dunedin, N.Z., erhalten, der sich nach Carron erkundigte. Aber erst am 17. Februar brach er in Begleitung eines erfahrenen Buschmanns, Constable McArthur, von Mount Magnet aus auf, um Nachforschungen anzustellen.

Die Constables Hearn und McArthur begannen ihre Ermittlungen von Wiluna aus - 200 km nördlich vom Distrikt West. John Lemon hatte von seinem Freund Carron und Rowles bei ihrer Abreise aus dem Lager erfahren, dass sie auf der Suche nach Arbeit dorthin gehen würden. Als die Ermittler in Wiluna nicht fündig wurden, kehrten sie zum Kaninchenzaun zurück und fuhren dann nach Süden zur Kamelstation, die sie zu ihrem Hauptquartier machten; das sind etwa weitere 200 Meilen.

Aufgrund der besonderen Beschaffenheit des Bodens am Murchison sind die Spuren von Karren und Wagen auch noch nach Jahren sichtbar. Entlang des Zauns und an jeder Querstraße sind heute noch selten benutzte Spuren zu sehen, die ursprünglich von den Fuhrwerken hinterlassen wurden, die die Zaunpfähle transportierten, und von den Karren, mit denen Sandelholz aus dem Busch geholt worden war. Und über all diese Spuren könnte ein Auto fahren, ohne sie zu zerstören.

In diesem riesigen Gebiet die Überreste eines Mannes zu finden, der vielleicht zehn Monate zuvor verbrannt oder vergraben worden war, schien dem Problem der Suche nach der Nadel im Heuhaufen sehr ähnlich zu sein. Und doch fanden die Spürhunde des Gesetzes in bemerkenswert kurzer Zeit Beweise für ein großes Feuer in der Nähe einer Bohrung an der 183-Meilen-Marke - zwanzig Meilen nördlich der Kamelstation, am Schädlingszaun Nr. 1.

Der Pfeil zeigt auf die Stelle, an der Asche, Knochen, Ring und
Zahnplatte im Fall der Murchison-Morde gefunden wurden.

An dieser Stelle führt der Zaunweg durch dichte, schmalblättrige Mulga. Hier gibt es ein wenig benutztes Tor; und sollte der Neugierige durch dieses Tor gehen und dem wenig benutzten Weg eine halbe Meile lang folgen, käme er zu einer kleinen Eisenhütte inmitten des dichten Gestrüpps. Für den zufälligen Reisenden auf dem Zaunweg wäre sie dadurch völlig verborgen. An dieser Stelle gab es kein Wasser, und der Abschnittsreiter, Lance Maddison, hatte nur etwa zweimal im Jahr Gelegenheit, dorthin zu gehen und über den Zustand der Hütte zu berichten. 300 Yards weiter westlich stieß die Polizei auf eine Bohrung, die nicht mehr in Betrieb und daher unbrauchbar war; in der Nähe dieser Bohrung fanden sie die Stelle eines großen Feuers. Leichte Aschespuren führten sie noch tiefer in den Busch, wo sie zwei weitere Aschehaufen entdeckten. Ihre Untersuchung ergab, dass sie aus abgekühlter Asche bestanden, die vom Hauptfeuer herbeigetragen worden war, denn unter den Haufen war das Gras nicht verbrannt, was beweist, dass die Asche dort in kaltem Zustand abgeladen worden war.

In der Asche fanden sie Stücke von Schädelknochen, menschliche Knochen, Tierknochen, verkohltes Wollmaterial und einen Knochenknopf. Außerdem fanden sie in der Asche der kleineren Haufen künstliche Zähne, Goldklammern von einer Zahnplatte, Metallösen von Stiefeln oder Schuhen, einen Ehering, mehrere seltsame Drahtstücke usw.

Diese Fundstücke wurden zusammen mit dem Bericht an das Polizeipräsidium weitergeleitet. Daraufhin wurde beschlossen, Detektive Sergeant Manning nach Norden zu schicken, um den Fall zu übernehmen.

Mord in Wirklichkeit und Fiktion

Der fiktive Mordfall, der die Aufmerksamkeit von Inspektor Bonaparte in ›The Sands of Windee‹ auf sich zog, wies außergewöhnliche Parallelen zu dem tatsächlichen Mordfall auf, den Detektive-Sergeant Manning untersuchte. Mannings Aufgabe war sowohl größer als auch kleiner als die, die Bonaparte gestellt wurde; und die folgenden Punkte der Ähnlichkeit scheinen bemerkenswert zu sein, sie wiesen darauf hin, warum die Krone vorschlug, dass Rowles im Fall von Louis Carron teilweise die Buchmethode der Leichenvernichtung angewendet hat.

MANNING	BONAPARTE genannt ›Bony‹
Die Polizei untersuchte 10 Monate nach Carrons Verschwinden die Asche eines großen Feuers.	›Bony‹ untersuchte zwei Monate nachdem Marks (dem potentiellan Opfer im Roman) als vermisst gemeldet wurde die Asche eines großen Feuers.
Die Polizei fand in der Asche menschliche Knochen, falsche Zähne und eine Zahnplattenbefestigung, einen Ehering usw.	›Bony‹ fand in der Asche einen Schuh-Nagel. Außerdem eine Silberscheibe in der Gabelung eines Baumes in einiger Entfernung vom Tatort.
Die Polizei fand in der Asche ein Stück geschmolzenes Blei von gleichem Gewicht wie eine Kugel vom Kaliber 0,32.	›Bony‹ fand in der Asche drei Stücke geschmolzenes Blei, die jeweils das gleiche Gewicht hatten wie eine Kugel vom Kaliber 0,44.
Die Polizei fand in der Asche neben menschlichen Knochen auch zahlreiche Tierknochen.	›Bony‹ fand in der Asche keine menschlichen Knochen, aber jede Menge Tierknochen.
Die Polizei fand einen eisernen Campingkocher, von dem man annahm, dass er benutzt wurde, um die Knochen von Carron zu zertrümmern.	›Bony‹ fand heraus, dass die Knochen von Marks mit dem eisernen Mörser eines Goldsuchers zu Staub zermahlen worden waren.
Manning untersuchte einen ungeschickten Versuch, einen menschlichen Körper zu zerstören.	›Bony‹ untersuchte den fast perfekten Mord, da die Leiche von Marks höchst effizient zerstört worden war.

Manning fand in einem Aschehaufen Knochen, die er für menschliche Fingerknochen hielt.

›Bony‹ fand in der Asche Knochen, die er an sein Hauptquartier schickte, um festzustellen, ob es sich um menschliche Fingerknochen oder um Känguru-Pfotenknochen handelte.

Manning musste einen echten Richter und Geschworene davon überzeugen, dass Carron von Rowles ermordet worden war.

›Bony‹ wurde davon abgehalten, seinen Fall einem Richter und Geschworenen vorzulegen, weil er sie vermutlich nicht hätte überzeugen können.

Manning ist ein Buschmann par excellence.

›Bony‹, der die Fährtenlesekräfte seiner Aborigine-Mutter und die Verstandeskräfte seines weißen Vaters besaß, war ein Super-Buschmann.

Detektiv-Sergeant Mannings

Arthur Upfields eigene
Zeichnung von ›Bony‹

Der Pfeil zeigt auf die Stelle, an der verkohlte Überreste
gefunden wurden im Fall der Murchison-Knochen.

Schritt für Schritt

Nach dem Verlassen von Perth begab sich Sergeant Manning nach Mount Magnet, wo er sich mit den Constables McArthur und Hearn beriet. Als Mr. Jacksons Brief eintraf, hätte Constable Hearn gerade seinen Jahresurlaub antreten können, aber er bat darum, ihn verschieben zu können, um weitere Nachforschungen über Carrons Schicksal anzustellen. Constable McArthur wurde geschickt, um ihn zu entlasten, und als Manning sich zum Tatort des mutmaßlichen Mordes begab, wurde er von Constable Hearn begleitet.

Eine zweite und sorgfältigere Untersuchung mit einem Sieb förderte einen verbrannten menschlichen Backenzahn zutage, der auf der Bissfläche eine Höhlung aufwies, die mit Amalgam gefüllt gewesen sein könnte. Der Campingkocher wurde in der Nähe des Hauptfeuers gefunden, und Manning sah, dass an der Außenseite noch Asche klebte. Es schien wahrscheinlich, dass er benutzt worden war, um einen Teil der Asche und der Knochen zu den anderen Haufen zu transportieren, denn das Gras unter den kleineren Haufen war, wie bereits erwähnt, in kaltem Zustand auf die verschiedenen Stellen geschüttet worden.

Manning maß die Fläche der Hauptfeuerstelle und stellte fest, dass sie acht mal sechs Fuß groß war. Ein Beweis für die enorme Hitze war eine Kaffeedose, die einige Meter von der Asche entfernt auf dem Boden lag. Die dem Feuer zugewandte Seite der Dose war stark verbrannt. Anhand der Reifenspuren eines Autos oder Lastwagens konnte er feststellen, dass ein Fahrzeug aus Richtung des Zauntors gefahren war und, nachdem es in der Nähe des Brandherds vorbeigefahren war, gewendet hatte und zurückgefahren war.

Routinearbeit

Dann begann für Sergeant Manning der Teil der Arbeit eines Detektivs, der in der Kriminalliteratur nur selten viel Beachtung findet - die Aufnahme von Aussagen. Natürlich war der erste Mann, den er vernahm Carrons Freund John Lemon. Manning hatte bereits von Mr. Jackson eine Beschreibung von Carron erhalten. Carron war etwa 27 Jahre alt, von mittlerer Statur und aufrechter Haltung, mit sandfarbenem Teint und einer schroffen Art zu sprechen. Manning wollte von Lemon wissen, ob Carron falsche Zähne hatte, worauf Lemon mit »Ja« antwortete, denn er habe seinen Freund oft beim Putzen derselben gesehen. Er wisse nicht, wo und von wem diese Zähne gemacht worden seien. Und so begann eine Reihe von Nach forschungen von Westaustralien bis Hamilton, Neuseeland, die dazu führten, dass ein Zahnarzt namens Sims gefunden wurde, der Carron eine vollständige untere Zahnprothese angefertigt hatte, bestehend aus Stiftzähnen, und eine obere Teilprothese, die mit zwei Goldklammern an Carrons gesunden Zähnen befestigt war.

In den verschiedenen Aschehäufchen wurden dreizehn überkronte Zähne, vier Stiftzähne und zwei Goldklammern gefunden worden.

»Hat Carron einen Ehering getragen?«

»Ja«, antwortete Lemon. »Er trug einen Ring, der so eng anlag, dass er einmal sagte, er müsse ihn abfeilen lassen.«

Eine zweite Reihe von Ermittlungen führte zu Carrons Frau, Mrs. Brown, in Neuseeland. (Es sollte erklärt werden, dass »Carron« diesen Namen bei seiner Ausreise aus Neuseeland seiner Frau zuliebe angenommen hatte.) Sie erinnerte sich sowohl an den Ring, als auch daran, wann er gekauft worden war und in welchem Geschäft in Auckland, N.Z. Schließlich untersuchte Mr. A. T. Long den Ring. Er hatte ihn im Dezember 1925 an Mrs. Brown verkauft. Er erkannte den Ring aufgrund seiner N.Z.-Patentnummer Markierung, und er erinnerte sich auch, dass ein Assistent in seinem Geschäft die Größe des Rings auf unbeholfene Weise verändert hatte.

Sergeant Manning arbeitete sich nach John Lemon über Wheelock, einen Goldsucher, Worth, einen Buchhalter, und Beasley, den Manager, zurück bis zur Wydgee Station. Mr. Worth hatte den Gehaltsscheck in Höhe von 25/0/07 Pfund (Anmerkung 25 Pfund, 0 Shilling und 7 Pence) für Carron ausgestellt und Mr. Beasley hatte ihn unterschrieben. Das genaue Datum wurde festgestellt.

Auf Wydgee erfuhr man außerdem, dass Carron zwei Uhren zur Reparatur an einen Juwelier in Perth geschickt hatte und diese Uhren jeweils in einer separaten Schachtel zurückgeschickt worden waren. Ja, die Schachteln enthielten ähnliche Drahtbefestigungen wie die in der Asche gefundenen.

Das führte zu weiteren Ermittlungen. Die Juweliere sagten aus, dass ein Mr. Stone, ein Schachtelhersteller, die Schachteln für sie hergestellt hatte. Und Mr. Stone erkannte, dass die Drahtstiche von einer seiner Maschinen mit einem leichten Defekt stammten, der zu dem Fehler in den Drähten geführt hatte, die in der Asche gefunden wurden. Zurück zu den Juwelieren, die erklärten, dass die gleichen Uhren, die sie für Carron repariert hatten, ihnen von der Firma Fleming & Co. in Mount Magnet zur weiteren Reparatur geschickt worden waren. Ein Mr. Male von Fleming & Co. erinnerte sich daran, die Uhren an die Juweliere in Perth geschickt zu haben, und beschrieb den Mann, der sie zu ihm brachte - einen Mann, den er als ›Snowy‹ Rowles kannte.

Lemon hatte gesagt, dass sein Freund und Rowles ihn auf der Suche nach Arbeit in Richtung Wiluna verlassen hätten. Als Constable Hearn daraufhin in Wiluna nachgefragt hatte, konnte er jedoch nichts über die beiden Männer in Erfahrung bringen. Manning folgte nun der Spur. Er schlug sein Lager auf dem Anwesen der Kamelstation auf, reiste am Zaun entlang nach Norden bis zum Tor an der 206-Meilen-Straße und dann achtzehn Meilen ostwärts nach Youanmi. In Youanmi fand er dann heraus, dass Rowles hier gut bekannt war.
Der Detektiv ging die Bücher von Mr. Jones durch, dem Betreiber des Youanmi Hotel, und verfolgte verschiedene eingelöste Schecks und die Daten, an denen Rowles gebucht hatte. Dann fuhr er nach Paynesville, einige Meile westlich, um Näheres über einen Scheck zu erfahren, der

von Mr. Edward Moses ausgestellt worden war, im Zusammenhang mit der Ausstellung des Wydgee-Schecks über 25/0/7 Pfund für Carron. Und dann wieder zurück zur Narndee Station, wo die Stationsbücher weitere Erkenntnisse lieferten.

Hunderte von Kilometern wurden im Auto zurückgelegt und die Bücher mit Ortsnamen, Entfernungen, Daten und Namen von Personen gefüllt. Schließlich hatte der Detektiv den Namen jedes Mannes, der zum Zeitpunkt des Verschwindens von Carron in diesem Bezirk arbeitete. Genau wie Bony in Windee erstellte er eine Liste von ›Fischen‹, unter denen der gesuchte ›Stachelrochen‹ sein könnte. Er hatte herausgefunden, dass ein Mann namens Upfield, der Romane schrieb, einige Monate vor dem Verschwinden von Carron für die Kamelstation verantwortlich gewesen war. Von einem Mann namens Ritchie erfuhr er von Upfields Suche nach einer wirksamen Methode zur Leichenvernichtung. Er fand heraus, dass der Mann, der zuletzt mit Carron gesehen worden war, ›Snowy‹ Rowles hieß, der seither auf der Hill View Station beschäftigt war, und dass Rowles scheinbar einen ausgezeichneten Charakter hatte, ein guter Buschmann war und einen eigenen Lastwagen besaß.

Ja, er hatte den Lastwagen von einem Mann namens Ryan gekauft. Wo war Ryan? Oh! Er hatte das Gebiet mit einem Mann namens Lloyd verlassen. Einen wertvollen Kompass und andere Dinge, aus der Narndee Station hatte er dabei mitgenommen.

Seltsam!

Informationen über Ryan und Lloyd trafen ein. Die damit verbundenen Umstände waren angesichts der Entdeckung von Carrons Überresten in ein unheimliches Licht getaucht worden.

Das Interesse des Detektivs an Ryan und Lloyd war nun vollends geweckt. Wo war Ryan? Zuletzt hörte man von ihm in Mount Magnet, und als Manning Mount Magnet erreichte, stellte er fest, dass weder von Ryan noch von seinem Kumpel Lloyd etwas bekannt war und sie hatten sich Weihnachten 1929 sicherlich dort nicht aufgehalten.

Später kehrte Manning nach Narndee zurück, zusammen mit Constable Hearn, Mr. Bogle, dem Miteigentümer und Manager von Narndee, und Douglas Bell, einem Mischling, der für Ryan gearbeitet hatte, bevor dieser nach Burracoppin aufgebrochen war. Sie fuhren mit dem Auto nach Challi Bore, Ryans Lager, und entdeckten dort acht Brandstellen, ähnlich denen am 183-Meilen-Stützpunkt der Kaninchenabteilung des Ministeriums. In der Asche fanden sich Ösen von Stiefeln oder Schuhen, Metallteile eines Akkordeons (Lloyd hatte ein solches besessen) und eine Menge verbrannter und zerbrochener Knochen, die so klein waren, dass kein Experte sagen konnte, ob es sich um menschliche oder tierische Überreste handelte.

Nun waren es drei Männer, über die nichts mehr in Erfahrung gebracht werden konnte, nachdem sie zuletzt in Begleitung dieses ›Snowy‹ Rowles gesehen worden waren. Für Manning wie für jeden anderen vernünftig denkenden Menschen schien es nun, dass die gesammelten Funde die Annahme stark stützten, dass Rowles ein dreifacher Mörder war. Das Motiv schien offensichtlich - das Motiv Habgier. Rowles besaß einen Lastwagen, der früher einem der beiden verschwundenen Kumpel gehört hatte, und er hatte einen Scheck eingelöst, der auf den Lohn eines dritten Mannes ausgestellt war. Im 183-Meilen-Gebiet der Kaninchen Abteilung waren unter der Asche eines Großfeuers einige Überreste gefunden worden, und in Challi Bore hatten acht große Feuer zumindest Stiefel und/oder Schuhe und ein Akkordeon verbrannt.

Es besteht kaum ein Zweifel daran, dass Sergeant Manning und die beiden Polizisten davon überzeugt waren, dass die Leiche von Louis Carron bei der 183-Meilen-Marke der Regierung und die von Ryan und Lloyd in Challi Bore auf ähnliche Weise vernichtet worden waren. Als Buschmänner waren sie zu diesen Erkenntnissen gelangt:

Drei Männer waren verschwunden.

Jeder der drei war zuletzt lebend in Begleitung von Rowles gesehen worden.

In Ryans Lager in der Nähe von Challi Bore gab es acht große Feuer, und die erste Frage, die sich stellte, war:

Was wurde bei diesen acht Bränden verbrannt? Die Antwort: Stiefel, Kleidung und ein Akkordeon. Angenommen, Ryan und Lloyd hätten vor ihrer Abreise beschlossen, die abgenutzten Stiefel und Kleidungsstücke wegzuwerfen, ebenso das Akkordeon, das auf irgendeine Weise kaputt war, dann hätten sie sich als Buschmänner, die ein provisorisches Lager verlassen, ganz sicher nicht die Mühe gemacht, diese Gegenstände zu verbrennen. Sie hätten sie auf den Boden geworfen, die notwendige Ausrüstung zusammengepackt und das Lager verlassen. Die Handlung des Mannes, der diese Feuer angezündet hat, lässt sich nur auf eine Weise erklären. Er wollte etwas von lebenswichtiger Bedeutung zerstören, etwas, das beweisen würde, dass Ryan und Lloyd nicht mehr lebten und somit keine Stiefel und Kleidung und kein Akkordeon mehr bräuchten.

(Dies steht im Gegensatz zu Mr. Currans Bemerkung bei der Ermittlung, dass niemand, der Beweise für ein Verbrechen vernichten wollte, dies in der Nähe einer Hütte tun würde). Die Lage bei der 183-Meilen-Marke war jedoch für diesen Zweck ideal. Lance Maddison, der Grenzreiter, gab an dort nie gezeltet zu haben. Es gab kein frisches Wasser. Die Hütte lag eine halbe Meile westlich des Zauns, und Buschmänner gehen nicht ohne Not eine ganze Meile weit. Seine Pflicht zwang ihn zweimal im Jahr, die Hütte - aber nicht das Bohrloch - zu besuchen, um eventuelle Reparaturen vorzunehmen. Niemand außer Maddison ging dorthin.

›Snowy‹
Rowles
Hütte

Die Schlussfolgerungen eines Bush-Detektivs

Mannings wahrscheinliche Erkenntnisse könnten folgendermaßen formuliert werden:

»Angenommen, ein Mann wollte die Details von Upfields Mordgeschichte nachahmen und verbrannte die Leiche seines Opfers im offenen Busch, dann würde der erste Viehzüchter, der zufällig an der Feuerstelle vorbeikam, die Asche untersuchen und sich logischerweise fragen: ›Welcher Dummkopf hat sich die Mühe gemacht, hier ein Känguru zu verbrennen?‹«

»In Zentralaustralien würden Känguru-Jäger kein Tabakgeld verdienen, wenn sie ihre Zeit damit verbrächten, die Kadaver von Kängurus im offenen Busch zu verbrennen; aber sie würden ganz sicher Kadaver von Tieren verbrennen, die sie in der Nähe einer Behausung oder eines Wasserdamms geschossen haben, um die gesundheitsgefährdende Verschmutzung zu verhindern.«

»Wer auch immer Carrons Leiche in der Nähe der Hütte und des Bohrlochs bei der 183-Meilen-Marke verbrannt hat, kannte die Handlung von Upfields Buch. Jeglicher Verdacht in Bezug auf einen Brandort musste zerstreut werden. Wo auch immer er Carrons Leiche verbrannt hatte, musste er den eigentlichen Grund für das Feuer durch einen oberflächlich normal erscheinenden Grund verdecken.«

»Das Regierungsreservat ist in zweierlei Hinsicht ein ausgezeichneter Ort. Das gilt in gleicher Weise auch für Challi Bore. Maddison in der Hütte und Ryan in seinem Lager würden mit Sicherheit von Zeit zu Zeit Kadaver verbrennen: Maddison aus Pflichtbewusstsein, Ryan für seine eigene Gesundheit. Maddison würde die Kadaver von Kängurus verbrennen, die vom Wasser im Bohrloch angelockt wurden, aber es nicht erreichen konnten und dann starben. Ryan würde die Kadaver von Kängurus verbrennen, die er während seiner Arbeit erlegt und als Fleisch in sein Lager gebracht hätte; Hammelfleisch aus Narndee wird nicht oft gekauft. An beiden Orten gab es eine Menge von Tierknochen und an beiden Orten wäre das Verbrennen von Tierknochen eine ganz normale Aufgabe.«

»Um es zusammenzufassen: Wer auch immer diese drei Männer getötet hat, musste zuerst einen Ort finden, an dem ein Feuer keinen Verdacht erregen würde, und dann den wahren Grund der Brände verschleiern, indem er Beweise dafür lieferte, dass die Känguru-Kadaver aus einem normalen Grund verbrannt worden waren. Sowohl in Challi Bore als auch im Reservat würde ein zufälliger Besucher nur bemerken, dass Ryan in ersterem ein sauberes Lager hinterlassen hätte, und der Grenzreiter im Reservat kürzlich seine Arbeit erledigt hätte.«

»Es bleibt zu erklären, wenn angeblich nur Tierkadaver verbrannt wurden, warum die verbleibenden Knochenreste weiterhin zerkleinert worden sein sollten.«

Mit dieser oder einer ähnlichen Argumentationskette könnte Sergeant Manning berechtigterweise behaupten, dass der Mann, der sich ›Snowy‹ Rowles nannte, entweder die drei Männer wegen ihres geringen Besitzes getötet hatte oder zumindest wusste, was aus ihnen geworden war. Wenn Rowles die drei tatsächlich getötet hatte, musste er dies geplant haben. Es war höchst unwahrscheinlich, dass er aus Leidenschaft oder einem abnormen Impuls heraus zu drei verschiedenen Morden getrieben wurde. Wenn die erste Vermutung zutraf, musste Rowles durch und durch kaltblütig und gefühllos sein - eine gerissene und höchst gefährliche Persönlichkeit.

Die Verhaftung von Rowles

So kam es, dass Sergeant Manning und die Constables Hearn und Penn in abgetragener Buschmannskleidung zur Hill View Station reisten. Dort erfuhren sie, dass Rowles mehrere Meilen von der Siedlung entfernt in einem Außenlager beschäftigt war. Anstatt direkt dorthin zu fahren, machten sie einen großen Umweg um das Außenlager aus der entgegengesetzten Richtung zu erreichen, wenn Rowles draußen bei der Arbeit sein würde. Wäre Rowles zu Hause gewesen, hätte er die Polizisten lediglich für Känguru-Jäger oder Goldsucher gehalten.

Als die Polizei eintraf war Rowles wie erwartet nicht in seiner Hütte, und erst am folgenden Nachmittag um 14.30 Uhr fuhr er mit einem Sulky vor. Manning befand sich zu diesem Zeitpunkt in einiger Entfernung im Busch, aber die beiden anderen Polizisten waren in der Nähe ihres Wagens. Rowles begann, sein Pferd vom Sulky abzuschirren, und während er es wegführte, nahm Constable Hearn ein Gewehr mit einem Kaliber von 0,22 vom Heck des Sulkys. Rowles kehrte zum Sulky zurück nachdem er das Pferd freigelassen hatte, wo Hearn inzwischen beiläufig das Gewehr untersuchte. Constable Penn und Sergeant Manning kamen auf sie zu.

Manning erkannte in Rowles einen Mann, der wegen Gefängnisausbruchs gesucht wurde und dessen Name John Thomas Smith war:

»Wie lange sind Sie schon als Rowles bekannt?«

Daraufhin antwortete Rowles: »Sie wissen sehr gut, wer ich bin, und wenn ich gewusst hätte, wer Sie sind, hätten Sie mich nicht so leicht erwischt.«

Manning gab an, dass sie nach einem Mann namens Carron suchten, der zuletzt in seiner, Rowles' Gesellschaft gesehen worden war. Sie würden auch nach James Ryan und George Lloyd suchen

»Was wollen Sie mir jetzt anhängen, Manning?« ereiferte sich Rowles.

Worauf der Detektive-Sergeant eine Gegenfrage stellte: »Wo haben Sie den Lieferwagen drüben im Schuppen her?«

»Ich habe ihn von Ryan gekauft«, sagte Rowles. »In diesem Punkt kann ich Sie leicht zufrieden stellen.«

An die Tür der Hütte war ein kleines Kästchen genagelt, in dem offenbar der Schlüssel lag, und nachdem die Tür geöffnet worden war, betraten sie alle die Hütte, wo Manning und Hearn jeweils ein Gewehr vom Kaliber 0,32 in die Hand nahmen, beide Waffen erwiesen sich dabei als geladen. Manning fragte Rowles, ob alles in der Hütte dessen Eigentum sei, was Rowles bejahte, mit Ausnahme der Gewehre, einer Nähmaschine und eines Grammophons.

Daraufhin wurde dem Verdächtigen gestattet, sich eine Mahlzeit zuzubereiten, und währenddessen begann die Polizei mit der Durchsuchung der Hütte. In einer Schublade der Nähmaschine wurde eine Haarschneidemaschine gefunden (ein höchst ungewöhnlicher Gegenstand in einer Viehhütte). Rowles hatte sie nach eigenen Angaben von einem Sher Ali für 12/6 (12 Shilling und 6 Pence) gekauft. Auf einem hohen Regal lag ein in Zeitungspapier eingewickeltes Päckchen. Als einer der Polizisten danach griff, sagte Rowles:

»Wo zum Teufel haben Sie das her? Ich weiß nichts davon.«

Das Paket enthielt eine Armbanduhr, drei Hemden, ein Rasiermesser mit einer Kennzeichnung, dass es speziell für eine neuseeländische Firma hergestellt worden war, eine Uhrenkette und eine Schere.

Später ging die Polizei mit Rowles zu dem Nutzfahrzeug und fand auf dem Armaturenbrett eine Taschenuhr ohne Deckel mit offenem Zifferblatt, die nach Rowles' Angaben schon beim Kauf des Fahrzeugs von Ryan vorhanden gewesen war.

Diese beiden Uhren waren zweifellos die belastendsten Indizien gegen Rowles. Beide trugen Markierungen, die Manning den Juwelieren Levinson & Sons in Perth zuordnen konnte. Die auf jeder Uhr angebrachten Kennzeichen stimmten mit Einträgen in den jeweiligen Karteikarten überein. Sie bewiesen, dass die Firma die Uhren am 11. April 1930 von Louis J. Carron, Wydgee Station, erhalten hatte und dass die Uhren, wie es üblich war, in speziellen Schachteln, die mit bestimmten Drahtstichen zusammengehalten wurden, an Carron zurückgeschickt worden waren.

Später stellte sich heraus, dass Rowles selbst die Uhren an Fleming & Co. in Mount Magnet schickte, die sie an Levinson & Sons weiter geleitet hatten. Es konnte also nicht behauptet werden, dass Rowles nicht wusste, was das Paket enthielt, das er verleugnete.

Nachdem Rowles seine Mahlzeit eingenommen hatte, bat er darum, seine Moleskin-Hose und seinen Flanellanzug gegen einen blauen Serge-Anzug tauschen zu dürfen. Detektive-Sergeant Manning wies darauf hin, dass dies kaum notwendig sei, da er eine lange, staubige Fahrt vor sich habe. Rowles blieb jedoch hartnäckig und durfte sich umziehen, bevor die Autofahrt nach Meekathara begann, eine Strecke von etwa 80 Meilen.

Aussagen und Geständnisse

Am nächsten Morgen besuchte Detektive-Sergeant Manning ›Snowy‹ Rowles im Meekathara-Gefängnis und holte von ihm eine Aussage über seine Verbindung mit Louis J. Carron und eine zweite Aussage über sein Verhältnis zu James Ryan und George Lloyd ein. Als Rowles diese beiden langen Dokumente unterschrieben hatte, fragte er:

»Was werden Sie mit dem Lastwagen machen?« Und dann: »Ein Mann muss eine Macke haben, um so etwas zu tun. Es tut mir leid, dass ich den Rat meiner alten Dame nicht befolgt habe.« (Das klingt echt, da Rowles seine Mutter immer als ›meine alte Dame‹ bezeichnet hatte.) »Sie wollte, dass ich mich ergebe, als ich aus Dalwallinu geflohen bin, und wenn ich ihrem Rat gefolgt wäre, hätte ich das alles schon hinter mir und müsste mich nicht mit dieser anderen Sache herumschlagen.«

»Welche andere Sache meinen Sie?« fragte Manning, denn Rowles war damals nicht des Mordes, sondern nur des Ausbruchs angeklagt worden.

»Oh«, antwortete Rowles, »je weniger darüber gesagt wird, desto besser.« Daraufhin wurde Rowles nach Perth gebracht und erneut wegen Einbruchs und Diebstahls angeklagt und zu drei Jahren Freiheitsstrafe verurteilt. Hätte Rowles keinen Einbruch begangen, wäre die Krone zweifellos gezwungen gewesen, ihn im Juni 1930 bei der Strafkammer wegen eines Kapitalverbrechens anzuklagen, wobei die Anwesenheit von drei wichtigen neuseeländischen Zeugen aus Zeitgründen nicht möglich gewesen wäre.

Wo Rowles gescheitert ist

Auf die Verhaftung von ›Snowy‹ Rowles wegen Gefängnisausbruchs in Dalwallinu folgten Monate harter Arbeit. Die Korrespondenz mit der neuseeländischen Polizei bezüglich der Identifizierung der Zähne und des Rings, die in der Asche in der Nähe der einsamen Buschhütte gefunden wurden, war enorm. Da die Zeugen, Mrs. Brown (Carrons Frau), Mr. Sims, der Zahnarzt, und Mr. Long, der Juwelier, nicht vorgeladen werden konnten, wurden sie überredet, im Interesse der Gerechtigkeit nach Westaustralien zu reisen. Ihre Auslagen und die Entschädigung für den Zeitverlust in ihren Geschäften kosteten den Staat 1.000 Pfund.

Renommierte Pathologen untersuchten die Knochen, die Sergeant Manning aus dem Murchison mitgebracht hatte. Der Regierungspathologe wollte sich nicht festlegen, ob die Schädelknochenstücke einst zum Kopf eines Weißen oder eines Schwarzen gehörten, aber nach weiteren Untersuchungen kam Dr. McKenzie zu dem Schluss, dass die Knochen wohl zum Schädel eines Weißen gehörten.

Und diese wenigen Knochen, die zu größeren Stücken zusammengefügt wurden, waren die einzigen menschlichen Knochen, die aus den Überresten von drei Männern identifiziert werden konnten. Hätte der Mörder von Louis J. Carron die Schädelteile weiter zerkleinert - was er vermutlich mit den Knochen von Ryan und Lloyd tat -, hätte nicht bewiesen werden können, dass ein menschlicher Körper im Outback bei der 183-Meilen-Marke zerstört worden war. Hätte der Mörder von Carron die Asche nach verbliebenen Metallgegenständen durchsiebt, wäre er dem Netz entgangen, das Manning mit ruhiger Beharrlichkeit um ihn zog; denn die Krone musste erst beweisen, dass sich Carrons Überreste unter der Asche befanden, bevor sie hoffen konnte, zu beweisen, dass Rowles ihn getötet hatte.

Dass Rowles die wenigen Teile eines menschlichen Schädels nicht zertrümmerte, dass er die Asche nicht sorgfältig nach Metallgegenständen durchsuchte, kann nur darauf zurückgeführt werden, dass er überzeugt war, dass diese drei Männer aus der wandernden Bevölkerung Zentralaustraliens niemals vermisst werden würden. Die Sorgfalt, mit der er die Überreste Ryan und Lloyd zerstörte, wäre somit im Hinblick auf die Nachlässigkeit bei Carron nicht notwendig gewesen.

Eindrücke vor der Verhandlung

Der aufsehenerregendste Mordprozess in der Geschichte Westaustraliens wurde am Donnerstag, dem 10. März, vor Richter Draper und den Geschworenen verhandelt und dauerte bis zum späten Samstag der folgenden Woche. Ungewöhnlich an diesem Fall war, dass Rowles' Verteidigung streng geheim gehalten wurde, trotz der Bemühungen eifriger Presseleute, eine Zeile darüber zu erhaschen. Das öffentliche Interesse war enorm, und die durch die Untersuchung entstandene öffentliche Meinung richtete sich stark gegen den Angeklagten, sogar in den botanischen Gärten rund um das Gericht, wo ich als einer der vielen Zeugen auf meinen Aufruf wartete.

Ich saß auf einem Stuhl unter einer Stieleiche, von der die Eicheln herabfielen, und hörte das Gurren einer Taube, das Zwitschern mehrerer Tauben und zahlreicher kleiner Vögel, während mich ein Gefühl der Unwirklichkeit bedrückte - als träumte ich einen bösen Traum und war mir doch völlig bewusst, dass ich träumte. Manchmal deutete der Blick ins Innere des Gerichts, der mir die angespannten Gesichter der Geschworenen zeigte, darauf hin, dass hier ein Theaterstück aufgeführt wurde, für das alle Schauspieler, auch ich, aufgeboten worden waren; dass es ein Stück im Stück war; dass es bald vorbei sein würde und wir alle dann erkennen würden, wie großartig das Spiel gewesen war.

Aber das allgegenwärtige Grauen, das im Hinterkopf lauert, erzeugte ebenso wie das Wissen, dass man nur träumt, eine Art atemberaubenden Schreckens, der die fröhliche Stimmung des Stücks aus dem Zuschauer verbannte.

Das Gefühl der Unwirklichkeit verband sich mit einem deprimierenden Gefühl der Unausweichlichkeit. Ich war wie der Mann, dem die Zukunft offenbart wurde. Ich wusste, dass ich in Kürze meinen

Namen mit lauter Stimme rufen hören würde, wie ein Schauspieler, der von einem Bühnenarbeiter gerufen wird. Aber darüber hinaus wusste ich nichts. Der Schauspieler hat Erfahrung; er weiß genau, was er sehen wird, wenn er die Bühne betritt, und was er sagen wird. Ich hatte weder Erfahrung in einem Gerichtssaal, noch hatte ich die geringste Vorstellung davon, welche Fragen mir gestellt werden sollten. Zweifellos würden Fragen gestellt werden, um mir eine Falle zu stellen, und wenn ich vermeiden wollte, in Verdacht zu geraten, musste ich einen klaren Kopf behalten. Panik erfasste mich für eine kurze Weile, als ich feststellte, dass ich mich an mehrere Daten nicht erinnern konnte, die sich eigentlich durch ständige Wiederholung in mein Gehirn eingebrannt hatten.

Neue Eindrücke gewannen die Oberhand. Die Macht des Gesetzes wurde zu etwas Greifbarem, Formgebendem, wie ein Krake. In diesem großen steinernen Gebäude lebte ein Tintenfisch, dessen viele Tentakel bis zum Murchison und noch weiter bis nach Neuseeland reichten.

Ein Tentakel war hervorgekrochen, tastete nach einem jungen Mann und klammerte sich an den, dessen Lebhaftigkeit und sonniges Gemüt ihn stets zu einem willkommenen Gast gemacht hatten. Und mit schrecklicher Geschwindigkeit hatte sich der Fangarm zurückgezogen und sich um ›Snowy‹ Rowles gewickelt, der uns nie wieder lachend auf seinem Motorrad verfolgen und unverschämte Wetten abschließen und annehmen würde. Und andere Tentakel dieser großen Krake, die sich Gesetz nennt, kamen von Perth aus und suchten geschickt nach etwa fünfzig von uns, bis einer nach dem anderen gefunden, verhört und sogar aus Neuseeland herbeigelockt worden war, um gegen ›Snowy‹ Rowles auszusagen.

Ich darf in Klammern anmerken, dass zweifellos die große Mehrheit der Zeugen glauben wollte, dass Rowles unschuldig war, und dass sie es mit Freude begrüßt hätten, wenn der Beweis für seine Unschuld erbracht worden wäre. In diesem Falle wäre seine Rückkehr nach Murchison ein triumphaler Erfolg gewesen.

Wir Zeugen wussten mehr als die Stadtbewohner, die unsere Aussagen bei der Untersuchung aufmerksam gelesen hatten. Wir bewegten uns sozusagen hinter den Kulissen. Wir waren mit den Bedingungen im Busch und der Psychologie der Buschleute vertraut. Wir hatten unsere Notizen vergleichen können, was uns zu einem klareren Verständnis verhalf, als es die Zeitungen ihren Lesern möglicherweise hätten vermitteln können. Rowles hatte zu einem bestimmten Punkt dem einen etwas gesagt, dem anderen etwas anderes, und einem dritten wiederum eine andere Version. Er hatte so viele Lügen erzählt. Meiner eigenen Erfahrung nach hatte er drei verschiedene Geschichten darüber erzählt, wie er Ryans Lastwagen erworben hatte.

Wir wussten, dass Männer im Busch verschwinden konnten und ihre Skelette erst Jahre später gefunden wurden, wenn überhaupt. Wir wussten, dass ein Mitglied der großen umherziehenden Bevölkerung Zentralaustraliens manchmal gute Gründe für ein freiwilliges Verschwinden haben konnte. Wir wussten, dass es möglich, ja sogar wahrscheinlich war - dass Carron, Ryan oder Lloyd aus dem einen oder anderen Grund freiwillig verschwanden; aber unwahrscheinlich, wenn nicht unmöglich, dass drei Männer zur gleichen Zeit freiwillig verschwanden und zwei davon ihr Eigentum an ›Snowy‹ Rowles übergeben hatten.

Für mich, wie auch für die anderen, war es unmöglich, das Verschwinden von Carron von dem von Ryan und Lloyd zu trennen. Es kam das Gerücht auf, Carron sei nach Mai 1930 bei der Arbeit auf einer Station gesehen worden, aber ich konnte dieser Geschichte keinen Glauben schenken. Es gab kein Gerücht, dass Ryan oder Lloyd gesehen worden waren, nachdem sie mit Rowles nach Challi Bore bei der Station Narndee gefahren waren.

Während die Eicheln um mich herum herunterfielen und ich mich halb bewusst fragte, warum sie nicht jemand einsammelte, um sie an ein Schwein zu verfüttern, versuchte ich mir vorzustellen, wie Rowles' Verteidigung aussehen würde. Welche Verteidigung könnte er wohl vorbringen? Wie sollte er den Besitz der beiden Uhren erklären? Wie wollte er die Hemden erklären, die in Australien nicht verkauft werden?

Wie sollte er die seltsame Tatsache erklären, dass das Gewehr, das Carron auf der Wydgee Station gesucht hatte, in seiner Hütte auf der Hill View Station gefunden wurde? Wie wollte er zwei volle Tage, den 18. und 19. Mai 1930, erklären, von denen er sagte, er habe sie auf dem Windimurra Gehöft verbracht, und von denen drei Zeugen sagten, er sei nicht dort gewesen?

Wenn er Carron beim Fallenstellen auf dem Windimurra Gehöft zurückgelassen hat, als er nach Paynesville fuhr, um Carrons Scheck einzulösen, warum ist er dann von Paynesville direkt nach Youanmi gefahren? Warum, im Namen des gesunden Menschenverstandes, hat er nicht auf Lemons Anfragetelegramm geantwortet, als es ihm gegeben wurde und er wusste, dass es ein bezahltes Antworttelegramm war?

Wer konnte daran zweifeln, dass Carron tot war nachdem er die Überreste gesehen hatte, die in der Asche eines Feuers in einem Regierungsreservat gefunden worden waren, Überreste, die bei der Untersuchung von Carrons Frau, von Carrons Juwelier und von Carrons Zahnarzt identifiziert worden waren?

Ehrlich gesagt, es erschien unglaublich. Es war so schwer zu glauben, dass der ›Snowy‹ Rowles, den wir kannten, auf der Anklagebank eines Strafgerichts saß. Es war ebenso schwer zu glauben, dass der ›Snowy‹ Rowles, den wir kannten, eines Tages im März 1926 einer Verkäuferin in Perry eine Tasche mit 300 Pfund entrissen hatte, und dass er 1928 mehrere Läden im östlichen Weizengürtel ausgeraubt hatte.

Eine Eichel fiel mit schmerzhafter Wirkung auf meinen Handrücken, der auf der Bank ruhte. Der Sommer war fast vorbei.
Und für dich, ›Snowy‹, ist leider der Winter gekommen!

Die Knochen

Nach monatelangen Vorbereitungen hatte die Krone endlich ihre Anklage gegen John Thomas Smith, bekannt als ›Snowy‹ Rowles, verkündet. Sie stellte dem Gericht Constable Hearn vor, der auf seine Entdeckung des Feuers bei der 183-Meilen-Marke der Regierung und die Gegenstände, die er in der Asche fand, detailliert einging. Detektive-Sergeant Manning beschrieb anschaulich den Verlauf seiner Ermittlungen, durch die er einen wunderbaren Fall aus dem Sand des Murchison aufgebaut hatte.

Dr. William McGillivray, der Pathologe der Regierung, gab nun Auskunft über die ihm zur Untersuchung vorgelegten menschlichen Knochen. Eines der ihm übergebenen Pakete enthielt Fragmente eines menschlichen Schädels. Kleine Knochen in einer Tabakdose, sagte er, könnten von menschlichen Fingern oder Zehen oder von tierischen Pfoten oder Zehen stammen - er war sich nicht sicher, welche. Der Inhalt einer Streichholzschachtel waren verbrannte menschliche Zähne, von denen einer ein Backenzahn war. Andere Zähne, die ihm gezeigt wurden, erklärte er als künstliche Zähne. Er wollte nicht sagen, ob die Schädelknochenstücke zum Schädel eines Weißen oder eines Eingeborenen gehörten. Er war der Meinung, dass das niemand sagen könne.

Dr. McKenzie, der im Zeugenstand mit Gipsabdrücken menschlicher Schädel auf dem Tisch vor ihm saß, erklärte, dass er der Meinung sei, dass die Knochenstücke, wenn sie zu größeren Stücken zusammengefügt würden, darauf hindeuteten, dass sie wohl zum Schädel eines weißen Mannes gehörten.

Die Handlung des Buches

Arthur William Upfield (also ich) schilderte, wie er für einen neuen Kriminalroman nach einer Methode zur Zerstörung eines menschlichen Körpers gesucht hatte; wie er sie fand und die Einzelheiten dazu.

Lancelot Bowen Maddison, der andere Grenzreiter der Regierung antwortete im Zeugenstand auf die Frage, ob er Rowles kenne:

»Ich kenne ihn gut. Ich habe ihn zum ersten Mal am Zaun nördlich der Kamelstation getroffen, kurz nachdem ich dort meine Arbeit aufgenommen hatte. Er fuhr damals in Ausübung seiner Pflichten als Angestellter der Narndee Station auf einem Motorrad. Ich habe ihn danach häufig gesehen. Eines Abends war ich mit Arthur Upfield, David Coleman, George Ritchie und Rowles in der Kamelstation. Wir diskutierten alle gemeinsam über Upfields geplantes Buch ›The Sands of Windee‹. Insbesondere sprachen wir über die Beseitigung der sterblichen Überreste eines potentiell ermordeten Mannes.«

Carrons Zahnarzt

Arthur William Sims, Zahnarzt, aus Hamilton, N.Z., sagte, er habe einen Patienten namens Leslie George Brown behandelt und er habe die Fotos von Louis John Carron als Brown identifiziert. Am 1. August 1929 fertigte er für Brown eine vollständige untere Zahnprothese an und füllte auch mehrere obere Zähne. Am 20. August setzte er eine kleine Amalgamfüllung in die Kaufläche eines von Browns oberen Backenzähnen ein.

Mr. Gibson der Staatsanwalt, überreichte dem Zeugen Zähne, die in der Feuerasche in der Nähe der Bohrung an der 183-Meilen-Marke gefunden wurden, und fragte:

»Finden Sie dort vier obere Schneidezähn und eine Reihe von Stiftzähnen, die bis auf einen Schneidezahn ein vollständiges unteres Gebiss ergeben?«

Der Zeuge: »Das ist so.«

Nach sorgfältiger Untersuchung des Backenzahns, der in einem der Aschehaufen in der Nähe der Bohrung gefunden worden war, erwiderte der Zeuge:

»Er hat ein Bohrloch an genau der gleichen Stelle wie das Loch, das ich in Browns Backenzahn gebohrt habe. Die Füllung ist nicht mehr in diesem Zahn. Die Amalgamfüllung, die ich in Browns Zahn eingesetzt habe, hätte großer Hitze nicht standhalten.«

Carrons Juwelier

Thomas Andrew Long war nach eigenen Angaben bis März 1927 Juwelier in der Queen Street in Auckland, N.Z. Nach der Untersuchung des Goldrings, der zusammen mit anderen Überresten auf der Lagerfeuerstelle gefunden wurde, sagte der Zeuge, dass es sich offenbar um einen seiner eigenen facettierten Eheringe handelte. Er trug die Aufschrift ›18 ct., Red. 1286, M.C.‹. Mr. Long hatte ein Schreiben eines Juweliergroßhändlers in seinem Besitz, in dem stand, dass Ringe mit dieser Aufschrift nur in Neuseeland hergestellt werden.

Mr. Curran, der Rowles verteidigte: »Ich nehme an, dass im Laufe eines Jahres eine ganze Reihe von Eheringen, die so gekennzeichnet sind, in ganz Neuseeland verkauft werden?«

Zeuge: »Ja, das wäre so.«

Mr. Curran: »Wie können Sie so sicher sein, dass Sie diesen speziellen Ring für Mrs. Brown (Carrons Frau) geschliffen und neu zusammengefügt haben?«

Zeuge: »Zu der Zeit, als Mrs. Brown den Ring geändert haben wollte, war ich sehr beschäftigt und mein Hauptassistent war nicht da. Ich gab den Ring an einen Assistenten, der kein erfahrener Goldschmied war. Er hat die Arbeit verpfuscht, und wäre ich nicht so beschäftigt gewesen, hätte ich den Ring in den Schmelztiegel geworfen und einen anderen geschliffen. Dieser Ring ist aus 18-karätigem Gold, und mein Assistent hat die abgeschnittenen Enden mit 9-karätigem Goldlot wieder zusammengefügt. Der hellere Farbton des Lötzinns im Vergleich zum Ring selbst ist durch das Feuer nicht zerstört worden.«

Der Ring wurde den Geschworenen ausgehändigt, die ihn alle eingehend untersuchten. Nach der Verhandlung stellte sich heraus, dass der Ring mit seinem 9-karätigen Goldlot den Ausschlag für das Urteil gab.

Ryans Auto mit Rowles Gewehr.

Polizeiexponate im Fall ›Snowy‹ Rowles.

Der Angeklagte hatte gegenüber Detektive-Sergeant Manning ausgesagt, er habe Carron in einem Außenlager namens Condon auf der Wydgee Station abgeholt und ihn zum Außenlager ›The Fountain‹ gebracht, wo John Lemon im Dienst der Narndee Station lagerte. Am nächsten Tag seien sie weitergezogen zu Watson's Well am Kaninchenzaun und dann nordwärts bis zum 206-Meilen-Tor, wo die Straße zwischen Youanmi und Mount Magnet durch den Zaun führt. Von dort aus seien sie weitergezogen und hätten auf dem alten verlassenen Gehöft der Windimurra Station gelagert.

Weiter heißt es in der Aussage: »Am nächsten Tag fuhr ich mit meinem Lastwagen nach Paynesville, etwa 15 Meilen entfernt. Carron erklärte sich bereit, das Geld für die von uns benötigten Waren beizusteuern, und gab mir den Wydgee-Scheck über 25/0/7 Pfund, den ich für ihn einlösen sollte. Ich wartete bis zum Sonnenuntergang auf die Rückkehr des Gastwirts Mr. Moses, der bis dahin in einer Mine gearbeitet hatte. Ich blieb die Nacht dann im Hotel.

Am nächsten Tag kehrte ich zu unserem Lager zurück und gab Carron 4/8/- Pfund (4 Pfund, 8 Shilling und 0 Pence) und den Scheck des Gastwirts über die restlichen 16 Pfund.

Am nächsten Abend fuhren wir gemeinsam nach Mount Magnet und kamen zwischen neun und zehn Uhr dort an. Wir aßen gemeinsam in Joe Slavins Wirtshaus zu Abend. Carron, der ein Abstinenzler war, hatte etwas dagegen, dass ich an diesem Abend ein paar Drinks zu mir nehmen wollte. Er wolle lieber alleine bleiben und nahm seine Habseligkeiten vom Lastwagen.

Als ich später zum Hotel zurückkehrte, kam Carron hinter mir her und meinte, er könne den Scheck von Moses (dem Gastwirt von Paynesville) nicht einlösen, da er auf meinen Namen ausgestellt war. Also habe ich ihm 16 Pfund dafür gegeben. Ich selbst hatte den Scheck von Carron mit dessen Namen auf der Rückseite unterschrieben, als ich ihn eingelöst hatte.

Nachdem ich Carron das Geld gegeben hatte, kehrte ich zurück in die Bar von Mr. Rodan. Als die Hotelbar um elf Uhr schloss, kehrte ich zum Lastwagen zurück und fuhr fünf oder sechs Meilen auf der

Straße nach Youanmi. Dort schlief ich am Straßenrand bis zum Morgen, bevor ich die Fahrt zu Jones' Hotel in Youanmi fortsetzte. Erst letzten Montag erfuhr ich, dass Carron vermisst wurde, als ich darüber etwas in einer Zeitung von Murchison las. Ich bin sicher, dass Carron weiter nach Geraldton gefahren ist. Er hat mir ja von dort geschrieben -«

Widerlegungen

Der Manager, der Aufseher und mehrere Viehzüchter schworen, dass Rowles und Carron niemals auf dem alten verlassenen Gehöft, durch das sie angeblich kamen, kampierten. Unmittelbar vor dem Verlassen des Hotels in Paynesville teilte der Angeklagte dem Besitzer mit, dass er nach Wiluna zu einer Prospektionsreise aufbrechen würde.

Es wurde eindeutig bewiesen, dass Rowles, anstatt zum alten Windimurra-Gehöft und zu Carron zurückzukehren, direkt nach Youanmi fuhr, eine Entfernung von etwa 70 Meilen. Er verließ Paynesville am 22. Mai gegen zehn Uhr und kam am selben Morgen um 12:30 Uhr in Youanmi an, also nach 2 ¼ Stunden. (Dieser Zeitraum sollte sich noch als wichtig erweisen)

Das war am 21. Mai. Aus den Aufzeichnungen des Postamts von Youanmi und den Aussagen des Postmeisters geht hervor, dass Rowles den Postmeister an diesem Nachmittag in seinem Lastwagen zu einem Gehöft der Station brachte, um ein Telegramm zuzustellen.

Als Rowles im Zeugenstand damit konfrontiert wurde, änderte er seine Aussage und sagte, er habe diese Fahrt nach Youanmi vergessen. Er behauptete jedoch weiterhin, dass er nach dem Verlassen von Paynesville zu Carron zurückgekehrt sei. Indem er aussagte, er sei am 22. Mai nicht in Youanmi gewesen, wurde er geschickt in die Falle gelockt und in einem sorgfältig berechneten Moment legte der scharfsinnige Staatsanwalt Beweise vor, um seine Lüge zu beweisen. Er legte das Kassenbuch des Ladenbesitzers von Youanmi vor, das die Durchschläge der Verkäufe enthielt, die er am 21. und 22. Mai getätigt hatte. Der erste Eintrag für den 22. Mai lautete: ›S. Rowles, ein Paar Overalls, 11/6‹. (11 Shilling, 6 Pence).

Das Resümee

Richter Draper führte in seinem Plädoyer folgendes aus:

»Einige der Aussagen, die Rowles in diesem Fall machte, waren schwer mit denen zu vereinbaren, die man von einem Mann erwarten konnte, der kein Verbrechen begangen hatte. Es ist an Ihnen, meine Herren Geschworenen, darüber zu urteilen. Sie sind diejenigen, die zu entscheiden haben, aber vielleicht werden Sie es schwierig finden, die Aussagen von Rowles über seine Aktivitäten mit Carron mit den vor diesem Gericht vorgelegten Beweisen in Einklang zu bringen. Die Anklage der Krone lautet, dass der Angeklagte Mr. Carron ermordet und die Leiche verbrannt hat. Die verbliebenen Knochen wurden dann von ihm in sehr kleine Stücke zerbrochen und in mehreren Aschehaufen verteilt.«

Des Weiteren erklärte Mr. Draper:

»Es gibt eine merkwürdige Sache in diesem Fall, die ich hier erwähnen möchte, weil sie wichtig ist. Upfield hat ausgesagt, dass er eine Zeit lang in der Gegend war. Er sagt, er erinnere sich an eine nächtliche Diskussion in einem kleinen Raum, bei der unter anderem der Angeklagte am 6. Oktober 1929 anwesend war. Ich nehme an, sie wollten im Busch etwas zu tun haben«, bemerkte der Richter trocken. »Jedenfalls war das interessante Diskussionsthema, wie ein menschlicher Körper zerstört werden kann, ohne Spuren zu hinterlassen. Die Indizien deuten darauf hin, dass die damals verworfene Methode in diesem Fall angewandt wurde, aber ob Rowles es getan hat, müssen Sie selbst entscheiden.«

Zur Frage, ob die Schädelknochen vom Kopf eines Europäers oder eines Aborigines stammten, führte der Richter aus, dass angesichts der in der Asche gefundenen Gegenstände das Opfer wohl ein Weißer war. Denn man solle sich fragen, ob es üblich sei, dass Eingeborene Schuhe mit Ösen und künstliche Zähne im Ober- und Unterkiefer trügen oder gar goldene Eheringe besäßen.

»Es wäre ein sehr unwahrscheinlicher Zufall«, bemerkte der Richter weiter, »wenn die im Feuer gefundenen Gegenstände nicht mit denen identisch wären, die nachweislich in Carrons Besitz waren.«

Das Urteil

Die Geschworenen zogen sich am Samstagnachmittag um fünf Minuten vor vier zurück und kehrten am selben Tag um sechs Uhr zurück, um ihr Urteil zu verkünden. Rowles wurde vorgeführt. Während er auf den Stufen der Anklagebank stand und darauf wartete, dass Richter Draper seinen Platz einnahm, neigte er den Kopf, um zu sehen, ob er sein Schicksal in den Gesichtern der Geschworenen lesen konnte. Als dies nicht gelang, wandte er sich den versammelten Zeugen zu. Als der Richter seinen Platz eingenommen hatte, bestieg der Angeklagte schnell die Anklagebank, um die Geschworenen starr anzublicken. Man sah, wie er den Kopf schüttelte, als wüsste er, dass er dem Untergang geweiht war.

»Schuldig.«

Das gefürchtete Wort ertönte wie zwei Glockenschläge in der Stille des Gerichts.

Auf die Frage, ob er etwas zu sagen habe, antwortete Rowles mit ruhiger Stimme:

»Ich bin eines Verbrechens für schuldig befunden worden, das nie begangen wurde.«

»Ist das alles? Ist das alles, was Sie zu sagen haben?«, fragte der Richter.

Rowles blieb stumm.

Die Stille wurde durch die Stimme des Richters gebrochen, der das Todesurteil verkündete.

Die Berufung scheitert

Rowles legte durch seinen Rechtsbeistand Fred Curran Berufung beim Obersten Gerichtshof von Westaustralien ein mit der Begründung, dass:-

(a) Beweise, im Zusammenhang mit dem Verschwinden von zwei Männern namens James Ryan und George Lloyd und seiner Verbindung mit ihnen, zu Unrecht zugelassen wurden. (Bei der Anhörung stellte sich heraus, dass es Rowles' eigener Anwalt war, der die

Angelegenheit Ryan und Lloyd zuerst ins Spiel brachte).

(b) der Richter zu Unrecht die Aussage eines Arthur William Upfield, eines Romanautors, zugelassen hat, wonach Rowles im Oktober 1929 anwesend war und an einer Diskussion über das Verschwinden menschlicher Körper teilgenommen habe. Und dass er wegen einer anderen Anklage verhaftet worden und aus der Untersuchungshaft geflohen war.

(c) es keinen Beweis dafür gab, dass Louis Carron tot war.

(d) der zuständige Richter den Geschworenen gegenüber die Beweislage falsch dargestellt hat.

(e) das Verfahren zu einem Justizirrtum geführt habe.

Das Oberste Gericht des Bundesstaates wies die Berufung einstimmig zurück.

Der Anwalt von Rowles legte daraufhin Berufung beim Obersten Gericht von Australien mit Sitz in Melbourne ein, und auch dieses Gericht lehnte den Antrag auf Berufung, mit einer Mehrheit von zwei zu eins ab.

Eine öffentliche Petition wurde von der Groper Brüderschaft, die sich für unschuldig Angeklagte einsetzt und der Hausfrauen Vereinigung organisiert, und schließlich dem Generalstaatsanwalt vorgelegt. In einem Theater wurde eine öffentliche Versammlung abgehalten, um auf die Begnadigung von Rowles zu drängen. In den Zeitungen erschienen Briefe, in denen um Gnade für seine Mutter gebeten wurde. Alles umsonst.

Der Vorhang fällt

›Snowy‹ Rowles, alias John Thomas Smith wurde am Morgen des 13. Juni gehängt, ohne ein Geständnis abzulegen, obwohl die Verwandten von George Lloyd den Verurteilten schriftlich aufforderten, sich zum Schicksal von Lloyd zu äußern.

Wenige Tage vor dem Ende gab ›Snowy‹ Rowles eine bemerkenswerte Erklärung in der Todeszelle im Gefängnis ab. Er gab an, dass er bei seiner Rückkehr von Paynesville in sein Lager herausfand, dass Carron sich versehentlich mit vergifteten Butterködern für Füchse vergiftet hatte. Als entflohener Häftling habe er sich gescheut, die Polizei zu informieren und stattdessen die Leiche verbrannt.

Damit war seine Schuld bestätigt. Es wäre ihm nicht möglich gewesen, seinen angeblich vergifteten Kumpel finden, die Leiche über fünfzig Meilen mitzunehmen, zu verbrennen und weitere 67 Meilen nach Youanmi zu fahren, und das alles in 2 ¼ Stunden.

Damit war es vorbei mit dem seltsam stürmischen Geist. Sein Leben hatte vor ihm gelegen, er war von den Göttern mit einem guten Körperbau und gutem Aussehen begünstigt und hätte in diesem Land hoch aufsteigen können, angetrieben von der Persönlichkeit seines Doktor Jekyll; aber der heimliche Teufel in uns allen, der Mr. Hyde, war zu mächtig für ›Snowy‹ Rowles.

Romane von Arthur W. Upfield:

Einige der Romane, die zwischen 1928 und 1966 in Australien erschienen sind, gibt es bereits als E-Book

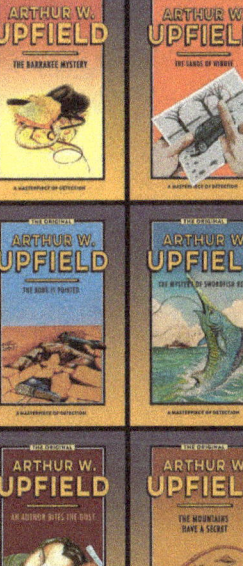

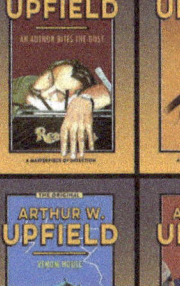

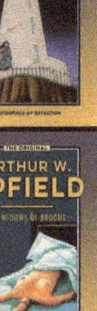

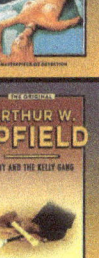

www.ingramcontent.com/pod-product-compliance
Lightning Source LLC
Chambersburg PA
CBHW041606240626
47164CB00008B/190